신화의 전장

dream
books
드림북스

신화의 전장 6

초판 1쇄 인쇄 2019년 6월 11일
초판 1쇄 발행 2019년 6월 25일

지은이 박정수
발행인 오영배
편집 편집부
일러스트 엑저
본문편집 오정인
제작 조하늬

펴낸곳 (주)삼양출판사 · 드림북스
주소 서울시 강북구 도봉로 173
대표 전화 02-980-2112 **팩스** 02-983-0660
편집부 전화 02-987-9393 **팩스** 02-980-2115
블로그 blog.naver.com/dreambookss
출판등록 1999년 3월 11일 제9-00046호

ⓒ 박정수, 2019

ISBN 979-11-283-9409-6 (04810) / 979-11-283-9403-4 (세트)

드림북스는 (주)삼양출판사의 판타지 · 무협 문학 브랜드입니다.

신화의 전장
6
MODERN FANTASY STORY & ADVENTURE
박정수 현대판타지 장편소설
dream books
드림북스

목차

1장 ——— 007

2장 ——— 035

3장 ——— 069

4장 ——— 095

5장 ——— 125

6장 ——— 153

7장 ——— 179

8장 ——— 209

9장 ——— 237

10장 ——— 267

11장 ——— 293

12장 ——— 321

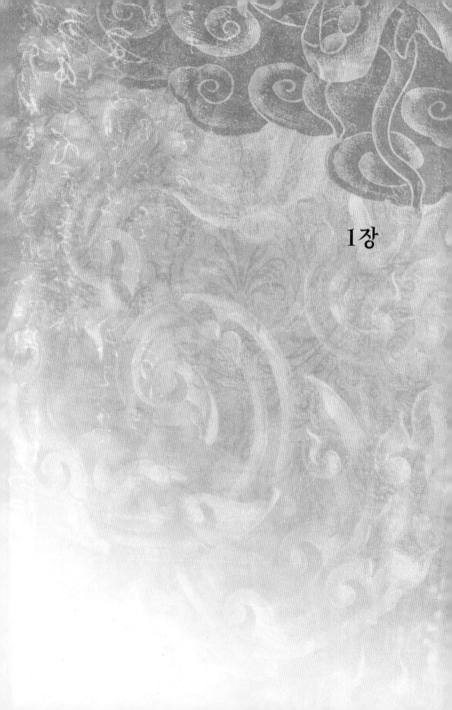

1장

박현은 술잔을 든 채 깨진 창문 너머로 들어오는 서늘한 바람을 맞으며 밤하늘을 쳐다보고 있었다.

　"안 추워?"

　조완희가 빈 술잔을 든 채 박현 옆으로 의자를 가져와 앉았다.

　"미랑이라고 했던가? 팔미호."

　"어."

　박현은 달에서 눈을 떼고 조완희를 쳐다보았다.

　"거짓말은 없었어."

　"그렇군."

봉황회에 미세하지만 틈을 발견했다.

박현의 입가에 비릿한 미소가 지어졌다. 그 미소에 조완희의 얼굴이 살짝 굳어졌다. 그리고 잠시 망설이는 듯하다가,

"현아."

조완희는 술잔을 채우며 진지한 목소리로 그를 불렀다.

"왜?"

"우리 친구 맞지?"

뜬금없지만 너무나도 진지한 어조에 박현은 조완희를 잠시 쳐다보다 고개를 끄덕였다.

"어. 비록 오래 알지는 못했지만 나는 네가 내 친구라 생각한다. 그런데 왜…… 묻지?"

조완희는 박현을 잠시 뚫어져라 쳐다보다 술을 한 모금 마신 후 입을 열었다.

"현아."

"듣고 있어."

조완희가 다시 박현을 부르자 박현은 눈살을 슬쩍 찌푸리며 대답했다.

"나는 말이다. 예전의 너의 모습이 더 좋다."

"……?"

박현은 고개를 살짝 갸웃거렸다.

"지금 너를 보면 불안하다."

"불안?"

"뭐라고 해야 하나. 마치 브레이크 없이 폭주하는 기차 같아."

"그게 뭔 소리야?"

"한성그룹에서도 그렇고, 화랑문에서도 그렇고."

탁.

박현은 얼굴을 굳히며 술잔을 탁자에 내려놓았다.

"완희야. 그렇게 행동하게 만든 건 내가 아니라 그들이다."

"알아."

"알면서 왜 그래?"

박현의 목소리에서 살짝 짜증이 묻어났다.

"하지만 전의 너라면 좀 더 깔끔하고 젠틀하게 문제를 해결하지 않았을까?"

"죽은 이는 단 한 명뿐이야. 뭘 어떻게 더 젠틀하게 해?"

"정확히 말해. 죽은 이를 살린 건 나야. 나 아니면 족히 십여 명은 죽었을 거야."

"……."

박현의 눈가가 좀 더 일그러졌다.

"또 비록 정이 가지 않는다고 해도 너의 무녀에게 그녀의 부모 앞에서 피를 보게 하지도 않았을 거고."

"야."

박현은 날카로워진 목소리로 조완희를 불렀다.

"아무리 친구지만 넘지 말아야 할 선이라는 게 있다."

"흑기(黑氣), 악기도 너 자신이라고 했었지?"

"……."

박현은 대답하지 않고 조완희를 노려보았다.

"원래 너였던 백기(白氣), 중심을 잡아. 흔들리지 말고, 잡아먹히지 말고."

"뭐가 불만인데? 내가 살기 위해 몸부림치는 게 그렇게 꼴 보기 싫은 거냐? 어? 왜…… 그냥 얌전히 죽어야 속이 풀리겠어?"

박현은 자리에서 일어나 신경질적으로 소리를 질렀다.

"그렇게 내가 지랄 맞으면 내 옆에서 꺼지면 될 거 아니야!"

"네가 누구든, 어떻든 나는 네 옆에 있을 거다. 친구니까."

조완희는 별다른 표정 변화 없이 박현을 올려다보았다.

"그럼 뭘 어쩌라고! 그냥 죽을까?"

"현아."

"씨발, 왜?"

"예전의 너라면 이렇게 흥분하지 않았다."

"……."

박현은 핏발이 선 눈으로 조완희를 내려다보았다.

"손속에 과함이 없지는 않았지만, 항상 냉정했지. 그리고 교활하게 행동해도 마음 한곳에 따뜻한 온정이 있었다."

조완희는 자리에서 일어나 박현과 눈높이를 맞췄다.

"흑기를 받아들이고 마음껏 사용하는 건 좋은데, 거기에 물들지는 마."

조완희는 박현의 어깨에 손을 얹었다.

탁!

박현은 그런 조완희의 손을 단칼에 뿌리쳤다.

"이것만은 알아둬. 나는 네가 어떻더라도 옆에 있을 거다. 몸주의 명 때문이 아니라, 친구로서. 친구니까."

"……."

박현은 애써 분노를 참는지 어금니를 꽉 깨문 채 조완희를 노려보았다.

"밤이 늦었다. 쉬어라."

조완희는 박현의 어깨를 가볍게 툭 치며 나갔다.

와장창창창!

조완희가 나가고 박현은 참을 수 없는 분노에 술잔을 벽으로 집어던졌다.

그걸로도 화가 풀리지 않는지 주먹을 으스러지도록 말아 쥐었다.

"개새끼."

박현의 눈에 흑기가 돌면서 은은한 살기가 흘러나왔다.

"내가 뭘 어쨌다고!"

박현은 보이는 벽에 주먹을 휘둘렀다.

쾅!

집이 우르르 울렸다.

벽이 부서지지 않았지만 주먹 주위로 실금이 거미줄처럼 번졌다.

"……!"

벽을 치고 거친 숨을 몰아쉬던 박현의 눈이 부릅떠졌다.

박현은 몸을 움찔 떨고는 벽에서 뒷걸음치며 물러났다.

"씨발."

박현은 피가 통하지 않을 정도로 꽉 쥔 주먹을 내려다보며 다시 욕을 내뱉었다.

순간 벽을 치며 조완희를 떠올린 것이다.

그냥 화가 나서 그런 것이 아니라 진짜 죽여버리고 싶다는 생각으로 주먹에 살기를 담았었다.

할머니도 믿지 못하는 지금, 세상에 믿을 이 하나 없는 지금, 유일하게 의지할 수 있는 친구가 조완희다. 또한 자신에게 한없는 정을 주고 있는 친구다.

그런 조완희에게.

단지 마음에 들지 않는 충고를 했다고, 죽이고 싶다는 생각이 들다니.

'정상이 아니야.'

누가 봐도 정상이 아니었다.

몸에 핏기가 사라지는 느낌이었다.

아찔하다.

진짜 조완희의 말대로 흑기에 잡아먹혀 조완희와 서기원도 못 알아보게 되는 게 아닐까 싶었다.

대별왕이 분명히 말했다.

흑기 또한 또 다른 자신이라고.

'니미럴.'

박현은 참담함에 눈을 감았다.

누구도 믿지 못하는 지금, 자기 자신조차 믿을 수 없게 되어 버렸다.

'도대체 나는. 나는 뭐지?'

박현은 고개를 젖혀 천장을 올려다보았다.

"으아아아아아아아!"

박현은 처절함에 소리 질렀다.

시간이 흘러.

"……."

박현은 머리를 감싼 채 소파에 앉아 있었다.

악기가 깨어난 날부터 오늘까지 모든 시간을 되짚어 보았다.

확실히 자신의 행동에는 문제가 많았다.

아직 천급도 못 벗어난 주제에 세상의 모든 존재가 발아래 있는 것처럼 들떠 있었다.

오만했을 뿐만 아니라, 무자비하고 폭력적이었다.

이렇게 그들의 무릎을 꿇려 봐야 반감만 키울 터.

봉황회의 빈틈을 발견하고 조소를 날렸는데, 알고 보니 자신이 그 꼴이었다.

'최악이군.'

박현은 쓴웃음이 지어졌다.

그 쓴웃음엔 슬픔이 묻어났다.

자신을 돌아본 박현은 망설임 없이 자리에서 일어났다. 그리고 곧바로 별왕당으로 향했다.

조완희라면 자신이 중심을 잡을 수 있도록 도와줄 것이다.

친구니까…….

친구니까.

박현의 입가에 희미한 미소가 언뜻 스쳐 지나갔다.

“후우—.”

조완희는 지화를 접다 말고 한숨을 푹 내쉬었다.

후회가 담긴 한숨이었다.

'괜히 말했나?'

좀 더 시간을 들이고, 좀 더 부드럽게 이야기해야 했지 않았을까 싶었다.

조완희는 고개를 돌려 박현의 집을 쳐다보았다.

괜히 그를 자극해 그가 엇나가지는 않을까 걱정이 들었다.

“후우—.”

조완희는 저도 모르게 다시 한숨을 푹 내쉬었다.

“후—.”

지화 한 번 접고 한숨.

다시 지화 한 번 접고 한숨.

“땅 안 꺼진다.”

“음?”

박현의 목소리에 조완희는 고개를 돌려 밖을 쳐다보았다.

마루방으로 들어오는 문틀에 박현이 서 있었다.

“……괜찮냐?”

조완희는 박현의 눈치를 살피며 조심스럽게 물었다.

“나 그 정도로 무너질 정도로 약하지 않다.”

박현은 뚜벅뚜벅 걸어들어 와 조완희 앞에 털썩 주저앉았다. 조완희는 마주앉은 박현의 눈빛과 표정을 은근슬쩍 살폈다.

"완희야."

"……어, 그래."

조완희는 머쓱하게 대답했다.

"나 어떻게 하면 되냐?"

"뭘?"

"백기로 중심을 잡으라며?"

"……어, 그랬지."

"어떻게 하면 백기로 중심을 잡을 수 있을까?"

박현이 묻자 조완희는 바로 입을 열지 못했다.

잠시 우물쭈물하는 조완희를 보며 박현의 눈매가 게슴츠레하게 얇아졌다.

"혹시 모르는 건 아니지??"

박현의 말에 조완희가 움찔했다.

확실히 모르는 표정이었다.

"헐—."

박현은 황당한 표정을 지었다.

"……대별왕님께 여쭤보면 되지 않을까?"

한참 고민 끝에 조완희가 나름 답을 내놨다.

"대별왕님?"

박현은 고개를 돌려 대별왕 무속도를 일견했다.

"너를 살렸으니 대별왕님은 방법을 아실 거야. 정성을 다해 치성을 드려봐. 그러면 무슨 답을 주시겠지."

"흠—."

박현은 팔짱을 끼고 침음성을 삼켰다.

고민 끝에 현재 그 방법이 가장 최선인 거 같았다.

"그래. 한번 해보지 뭐."

박현은 자리에서 일어나 신단 앞으로 걸어가 대별왕 무속도를 빤히 쳐다보았다.

그리고는 대별왕을 향해 절을 올렸다.

*　　　*　　　*

"나 왔어야."

서기원이 박현의 집 거실로 들어왔다.

"어라? 어디 갔나?"

집 안에는 온기가 없었다.

"에고고고. 유리창은 치우고 나가지, 하튼 문제여야, 문제."

서기원은 현관 신발장을 뒤져 빗자루와 쓰레받기를 챙겨 거실에 튄 유리창 파편을 치우기 시작했다.

"아이구 착해야."

토닥.

"참으로 착해야. 복 받을 거여야."

토닥.

서기원은 청소하는 .내내 대견하다는 듯 자신의 어깨를 쓰다듬었다.

"어라, 술잔은 왜 깨졌어야?"

서기원은 깨진 술잔을 빗자루로 쓸다가 미처 그림자에 가려진 술, 물기를 미처 발견하지 못하고 밟고 미끄러졌다.

"이것은!"

미끄러지던 서기원은 재빨리 몸을 틀었다.

"이 정도로 쓰러지면 암행단 두령 기원이가 아니어야!"

나름 멋있어 보이는 중후한 연극톤으로 목소리를 내며 허공으로 몸을 훌쩍 날렸다.

"다 덤벼야! 내가 다 쓸어버리겠어야!"

서기원은 빗자루로 허공을 몇 번 가르며 바닥에 착지했다.

물론 화려한 몸놀림 사이에도 쓰레받기에 담긴 유리조각 은 단 하나도 밖으로 흘러나가지 않았다.

"홋!"

서기원은 득의양양한 미소를 짓고는 빗자루를 한 바퀴 휘두르며 마치 검을 허리에 차듯 옆구리로 가져갔다.

"봤어야, 내가 그 유명한 암행단 두령 서기원이어야."

그리고는 빗자루와 쓰레받기를 바닥으로 던진 후 팔짱을 끼며 벽으로 몸을 기댔다.

그 벽은 수십, 아니 수백의 실금을 가진 벽이었다.

좌자자자자작!

서기원이 기대자마자 실금은 단숨에 굵어졌다.

"어? 어? 어랏?"

서기원은 부서지는 벽과 함께 뒤로 나뒹굴었다.

황당함에 눈을 껌뻑이는 서기원의 눈에 밤하늘이 보였다.

누워 있는 바닥은 당연히 마당이었고.

"왜 벽을 부수고 나와요?"

낯선 목소리.

초롱초롱한 눈 두 쌍이 서기원을 내려다보고 있었다.

"이거 괜찮을까? 박현 형님 성깔이 보통이 아닌 거 같은데."

"그러게."

기절한 이승환을 업고 있는 망치 박과 당래불은 심각한 표정으로 말을 나눴다.

"내, 내가 안 부쉈어야. 야가 그냥 혼자 무너졌어야. 진짜여야."

서기원은 당황하며 재빨리 변명을 내뱉었다.

"그렇게 안 봤는데……."

"나무관세음보살."

망치 박의 눈은 더욱 초롱초롱하게 바뀌었고, 당래불은 서기원을 불쌍하게 쳐다보며 합장했다.

*　　*　　*

"하아, 하아──, 하──."

온몸이 땀으로 흠뻑 젖은 지 오래다.

자리에서 일어나는 박현의 다리는 보기 안쓰러울 정도로 후들거렸다.

쿵!

다리에 힘이 풀린 듯 박현은 허물어지듯 바닥에 엎드리며 대별왕께 절을 올렸다.

'신력은 쓰지 말고 순수한 육체로 절을 올려. 신력을 써서 수천수만 배를 한들 아무 소용없어. 정성이 가장 중요한 법이니까.'

"후우──."

절을 몇 번 올렸는지 이제 기억도 나지 않는다.

'대답을 해주시지 않을 거야. 하지만 그 안에서 네가 답

을 찾아봐. 혹시 정성이 닿으면 답을 주실지도 모르겠다.'

박현은 도저히 다리의 힘만으로 일어날 수 없었는지 무릎을 짚으며 겨우겨우 자리에서 일어났다.

쿵!

박현은 자신이 흘린 땀에 발이 미끄러져 바닥으로 엎어졌다.

"후우—, 후아—."

박현은 멍하니 천장을 올려다보며 거칠게 숨을 몰아쉬었다.

"더 하다가는 탈 나겠다. 오늘은 그만해."

조완희가 안으로 들어왔다.

"그래……."

박현의 눈은 스르르 감겼다. 그리고는 이내 잠이 들었다.

"무식하다 못해 이렇게 무식한 놈을 봤나. 쯧."

조완희는 지쳐 잠이 든 박현을 양팔로 안아 들어 올렸다.

"근데 너희는 왜 그렇게 있냐?"

마루방 구석에 서기원과 망치 박, 당래불, 이승환이 옹기종기 모여 있었다.

근데 서기원의 행동이 이상했다.

손가락으로 마룻바닥에 뭔가를 그리더니 한숨을 푹 내쉬고는 멍하니 천장을 올려다보았다.

"야."

조완희는 그런 서기원을 불렀다.

"으응?"

서기원은 초점이 없는 눈으로 조완희를 쳐다보았다.

"으음?"

"……."

"너 뭐 잘못 먹었냐?"

혼이 나간 서기원의 모습에 조완희가 고개를 갸웃거리며 물었다.

"없지야? 없을 거여야."

서기원의 고개는 다시 바닥으로 툭 떨어졌다.

"흐음."

조완희는 평소와 다른 서기원의 행동에 그의 곁으로 다가가 발로 옆구리를 푹 찔렀다.

서기원은 그저 꿈틀거리며 옆으로 반걸음 정도 비켰다.

"얼씨구."

조완희는 다시 서기원의 옆구리를 발로 찔렀다.

스르륵.

서기원은 아무런 반응 없이 옆으로 비켰다.

"미쳤나."

조완희는 고개를 갸웃거리며 일단 박현을 눕히기 위해

몸을 돌렸다.

"완희야."

애절하기 이를 데 없는 서기원의 목소리가 들려왔다.

"……?"

처량한 목소리에 조완희는 고개를 돌려 서기원을 내려다
보았다.

"돈 가진 거 없어야?"

"엥?"

"있으면 좀 빌려줘야."

"나한테 돈 이야기를 꺼내나? 에라이, 먹고 죽으려고 해
도 없다."

조완희는 기가 막힌 듯 서기원의 엉덩이를 펑 차며 별채
로 들어갔다.

"크흑!"

조완희의 발길질에 발라당 누운 서기원은 주먹으로 입을
가리며 눈물을 또르르 흘렸다.

*　　　*　　　*

"하아—. 그러니까 저 새끼가 저렇게 울고 있는 게 현이
의 집을 부숴서 그렇다고?"

조완희의 말에 당래불과 망치 박은 데칼코마니처럼 크게 고개를 끄덕였다.

"얼마나 부숐기에 저래?"

조완희가 묻자 새우처럼 동그랗게 몸을 만 채 구석에 벽을 향해 누워 있는 서기원의 몸이 움찔거렸다.

"여기."

당래불이 스마트폰을 내밀었다.

"넌 또 그걸 찍었냐?"

"나무관세음보살."

당래불은 스마트폰을 넘기며 합장했다. 그런데 합장하는 그의 입술이 씰룩씰룩거리는 게 조금은 얄미워 보이는 건 왜일까.

콩!

"부처님에게 귀의한 놈이 잘하는 짓이다."

조완희는 근처에 있던 부채를 들어 당래불의 민머리를 툭 치며 스마트폰을 들어올렸다.

"헐!"

스마트폰 창에 뜬 사진을 보는 순간 조완희의 입이 쩍 벌어졌다.

"저놈 미친 거지?"

조완희는 서기원을 쳐다보며 어이없는 웃음을 흘렸다.

"미치지 않고서야."

조완희는 믿기지 않는다는 눈으로 스마트폰에 찍힌 여러 장을 사진을 다시 훑어보았다. 이건 뭐 부순 정도가 아니라 그냥 벽 한 면을 모조리 헐어냈다.

"빼박이네, 빼도 박도 못하는."

조완희는 고개를 절레절레 저으며 당래불에게 스마트폰을 넘기고는 서기원을 쳐다보았다.

"기원아."

"……."

서기원은 아무 대답도 하지 않았지만 어깨가 살짝 움찔거렸다.

"나 봐서 알지?"

"……."

"저놈, 친구라고 해서 그냥 넘어갈 놈 아니다."

조완희의 걱정 어린 말에 서기원의 어깨가 파르르 떨렸다.

아마 울고 있으리라.

"휴우―."

조완희는 자리에서 일어나 서기원의 어깨를 토닥거렸다.

"힘들어도 참아라. 그래도 저 녀석 아주 못된 놈은 아니라, 숨 쉴 구멍은 주더라."

"으아아앙."

서기원은 몸을 돌려 조완희의 품에 안겨 울음을 터트렸다.

"그래, 그래."

조완희는 서기원의 등을 토닥였다.

"어서 와. 웰컴 투 더 헬."

서기원을 달래는 조완희의 눈이 기묘하게 반달처럼 휘어
졌다.

"크크크."

그리고는 자리에서 벌떡 일어나며 서기원의 얼굴 앞에
손가락을 가져가며 시원한 웃음을 터트렸다.

"너는 이제 끝난 거야."

이어 엄지손가락으로 목을 슬쩍 그었다.

"나 봐서 알지? 저 새끼 얼마나 독종인데……, 넌 평생
나처럼 빚에 허덕이며 살게 될 거다. 푸하하하하하하!"

조완희는 자기를 끌어안고 있는 서기원을 툭 쳐서 떨어
트리며 개운한 표정으로 머리를 매만졌다.

"푸핫―, 오랜만에 기분이 상쾌하군."

조완희는 이내 몸을 툭툭 털었다.

"으아―, 시원하다."

그리고는 닭똥처럼 눈물을 흘리는 서기원을 향해 히죽거
렸다.

"지금 실컷 울어라. 나중에 울 시간은 없을 테니. 크크크크."

몸을 돌려 벽을 부둥켜안고 온몸으로 우는 서기원을 향해 비웃음을 날리며 고개를 홱 돌렸다.

그런 조완희의 눈에 구석에 쓰러져 있는 이승환 사범이 보였다.

"근데 아까 전부터 쟤는 왜 저래?"

"오기 싫다 해서 재워서 데려왔습니다, 형님."

"엥?"

망치 박의 태연한 목소리에 조완희의 얼굴이 미묘하게 구겨졌다.

"뭘로?"

"독이면서도 독이 아닌……. 수면제이옵니다. 나무관세음보살."

당래불.

"수면제? 무인이면 어지간해서는 수면제로는 안 될 텐데. 도대체 얼마나 먹인 거야?"

조완희가 기가 막히다는 듯 물었다.

"얼마 안 됩니다. 한 10인분?"

"10인분?"

"……조금 더 되려나?"

당래불은 조완희의 시선을 피하며 말꼬리를 흐렸다.

"헐!"

조완희는 더 이상 헛웃음도 안 나왔다.

"근데 왜 우리 집이야?"

"아따, 형님. 올 데가 여기밖에 더 있습니까?"

망치 박은 능글맞게.

"이 기회에 덕을 쌓으시지요, 나무관세음보살."

당래불은 뻔뻔하게.

"돌아서."

조완희는 조용히 손을 휘저으며 말했다.

"무슨 일로……."

둘이 돌아서자 조완희의 눈에 쌍심지가 켜졌다.

"이 미친 새끼들아. 사람 죽일 일 있냐? 그 정도면 코끼리도 자다가 죽겠다!"

펑— 펑!

조완희는 당래불과 망치 박의 엉덩이를 축구공 차듯 차버렸다.

"에휴—, 내가 진짜 못산다, 못살아."

조완희는 축 처진 어깨로 별왕당을 쳐다보았다.

"진짜 터가 안 좋나?"

조완희는 마루방으로 다시 기어 올라오는 당래불, 망치

박과 여전히 기둥을 부둥켜안고 울고 있는 서기원을 보며 한숨을 푹 내쉬었다.

"아니면 굿이라도 벌려야 하나."

"다 덤벼라! 택견의 이 사범이 나가신다! 영웅의 길에 외로움 따위야! 강자는 외로운 법! 드르렁, 쿨!"

그때 이승환이 잠꼬대를 아주 우렁차게 내뱉었다.

"하긴 저 새끼도 정상은 아니었지."

조완희는 이승환을 잠시 일견했다.

"완희 선배. 선배도 내 발 아래…… 흡흡! 드르렁— 쿨—."

이승환의 잠꼬대에 조완희의 눈썹이 꿈틀거렸다.

"하하."

"허허, 나무 ……관세음보살."

언제 올라왔는지 망치 박이 두툼한 손으로 이승환의 입을 막고 있었다. 그 옆에서 눈치를 보는 당래불의 민머리 위로 땀 한 방울이 또르르 흘러내렸다.

"아이고, 내 팔자야. 전생에 무슨 죄를 지었기에……."

조완희는 화낼 기력도 없는 듯 축 처진 몸으로 별채로 향했다.

"휴우—."

"하아—."

당래불과 망치 박은 안도의 한숨을 내쉬며 자리에 털썩 주저앉았다.

그리고 잠시 후.

스르릉―

장군 갑옷을 입은 조완희가 무시무시한 살기를 내뿜으면서 언월도를 들고 마루방으로 나왔다.

"이렇게 된 거 오늘 제대로 푸닥거리 한번 해보자."

그렇게 조완희는 분노를 드러내며 으르렁 포효했다.

"자, 잠깐!"

서기원이 눈물을 흘리며 소리쳤다.

"왜? 뭐?"

"대, 대별왕님이 지켜보시고 계셔!"

그 말에 조완희의 눈동자가 파르르 요동쳤다.

무릎을 꿇고 손을 들며 벌을 받은 지 하루도 채 지나지 않았다. 그의 관자놀이로 식은땀 한 방울이 또르르 흘러내렸다.

'위, 위험했어.'

잠시 정줄을 놓 뻔했다.

스르륵―

조완희는 얼른 마치 뱀이 허물을 벗듯 장군 갑옷을 벗으며 조용히 언월도를 집어넣었다.

그때였다.

"사내자식이 그 정도로 꼬랑지를 마느냐! 어디 가서 사내라 부르지도 마라. 아니다! 그냥 달린 거 떼버려라! 드르렁—, 쿨!"

이승환의 잠꼬대가 조완희의 귀를 파고들었다.

"완희 선배, 진짜 떼시려고요? 낄낄낄낄. 드르렁— 쿨—."

"으아아아앗!"

조완희는 잠꼬대에 이어 한바탕 비웃음에 눈이 홱 돌아갔다. 그런 조완희의 손에는 다시 언월도가 들려있었고, 이내 사정없이 휘둘러졌다.

"대별왕님……. 아니어야. 지는 아니어야."

시퍼런 칼날이 뿌려지는 신당 앞에서 서기원은 핼쑥한 얼굴로 고개를 마구 저으며 주변으로 눈물을 뿌렸다.

잠시 후.

"드르렁— 쿨— 드르렁— 쿨—."

한 명은 신당 구석에 팔자 좋게 대자로 누워 코를 골았고, 넷은 뒷짐을 진 채 벽을 향해 머리를 박고 있었다.

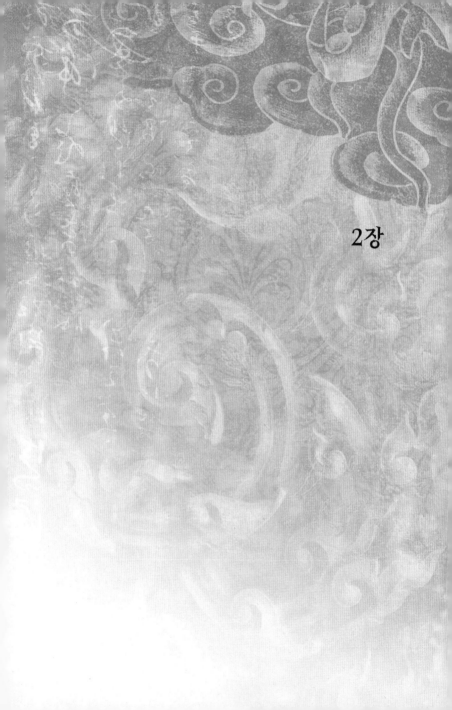

2장

쿵쿵쿵!

'참을 인 자 셋이면 살인도 피한다.'

조완희는 벽을 마주하고 앉아 머리를 벽에 찧으며 중얼 거렸다.

"끄으윽!"

서기원의 울음이 귀를 파고들었다.

'참을 인 자가 하나니라. 하나.'

"으으으. 이 쭉쭉빵빵 금발의 언니들 봐라. 죽인다!"

"역시 소승은 저 멀리 서양에서 태어났어야 했는데, 나무관세음보살."

"그렇지? 역시 누님들은 금발의 누님이 최고야."

당래불과 망치 박은 스마트폰에 코를 박고 뭔가를 열심히 보고 있었다.

'참을 인 자, 둘.'

"형님, 식사하십시오."

묵직한 목소리.

그 목소리의 주인은 호태성이었다.

"다들 식사하세요."

이어서 호진우의 앳된 목소리가 주방에서 들려 나왔다. 그 말에 우르르 발걸음 소리가 집을 가득 채웠다. 발걸음 소리의 주인들은 당연히 호족 전사들이었다.

"형님들도 오세요."

"우리?"

호진우는 망치 박과 당래불도 불렀다.

"근데 고기반찬이 조금 있어요. 괜찮으세요?"

"빌어먹고 사는 중이 무얼 꺼리겠습니까, 그저 감사할 따름이지요. 나무관세음보살."

당래불과 망치 박은 조완희를 지나 우당탕 주방으로 들어갔다.

"저기…… 완희 형님. 형님도 식사하세요."

호진우가 앞치마를 두른 채 조완희에게 다가와 조심스럽

게 말을 건넸다.

"나는 괜찮다……."

"그래도……."

호진우가 한 번 더 권하자 조완희는 썩은 동태 눈깔과도 같은 초점 없는 눈으로 그를 올려다보았다. 이 와중에도 서기원이 흐느적 귀신처럼 주방으로 들어가는 모습이 눈에 들어온 것이었다.

'참을 인 자, 셋.'

조완희의 눈에서 눈물 한 방울이 또르르 흘러내렸다.

*　　　*　　　*

"찍찍찍찍—."

감서는 쥐구멍으로 고개를 내밀며 주위의 눈치를 살폈다.

툭—

주변에 아무도 없다는 것을 느낀 감서는 입에 문 자그만 쪽지를 성벽 구석 바닥에 툭 떨어뜨린 후 재빨리 흙으로 쪽지를 덮어 가렸다.

감서가 사라지자, 그가 드나들던 쥐구멍도 사라졌다.

스으윽—

이어 성벽에서 검은 그림자가 튀어나왔다. 그리고는 재빨리 쪽지를 회수해 읽어 내려갔다.

"……!"

쪽지의 내용에 검은 그림자의 눈이 부릅떠졌다.

'드, 드디어!'

검은 인형은 격정을 이기지 못하고 몸을 바르르 떨었다.

'어서 큰형님께 이 사실을 알려야 해!'

검은 인형은 서둘러 성벽으로 스며들었다.

              *   *   *

모두가 잠든 시각.

어둑어둑한 암전 스워드 바(bar), 카운터 안에 노 사장이 조용히 술잔을 기울이고 있었다.

끼익—

불도 켜지지 않은 스워드 바 문이 열리고 중년 사내가 안으로 들어왔다.

바로 풍점의 노 사장이었다.

"술 땅겨서 오셨소?"

스워드 노 사장은 그를 슬쩍 쳐다보고는 손을 뻗어 깨끗한 술잔을 하나 집어 카운터에 내려놓았다.

"둘째야."

풍점 노 사장은 술병에는 손도 대지 않고 스워드 노 사장을 내려다보며 진중한 표정으로 그를 불렀다.

"무슨 일인데 그리 심각하오?"

"아버지의 흔적이 나타났다."

풍점 노 사장의 말에 술잔을 기울이던 스워드 노 사장의 움직임이 뚝 멈췄다. 이어 굳어진 얼굴로 술잔을 내려놓으며 자리에서 일어났다.

"참이요, 큰형님?"

"그래."

풍점 노 사장은 묵묵히 고개를 끄덕였다.

"아버지의 피를 이은 것으로 추정되는 아이가 나타났어."

"아버지의 아이라."

"아직은 아버지의 아이인지는 확실하지 않아."

풍점 노 사장의 말에 스워드 노 사장은 내려놓았던 술잔을 들어 벌컥벌컥 마셨다.

"그건 알아보면 되지 않겠소."

술잔을 내려놓은 스워드 노 사장은 눈을 부리부리하게 떴다.

"그럴 참이야."

풍점 노 사장의 눈에 흥분과 기대가 일렁거렸다.

"형제들 부르오?"

스워드 노 사장의 말에 풍점 노 사장이 고개를 끄덕였다.

"일단 그래야 할 것 같다. 허나!"

풍점 노 사장은 말을 잠시 끊었다가 다시 이었다.

"아버지에 관한 건 말하지 말고. 그냥 오랜만에 얼굴들이나 보자고 전해."

"……."

"아직은. 괜히 동생들 마음까지 싱숭생숭하게 만들 필요는 없으니까. 기대가 크면 실망도 큰 법이니."

"하긴."

스워드 노 사장은 피식 웃음을 터트리며 손을 오른쪽 가슴으로 가져갔다.

쿵쾅 쿵쾅—

자신의 심장이 이리 뛰는데 동생들은 어쩌겠는가.

"알았소."

스워드 노 사장은 술잔을 매만지며 다시 입을 열었다.

"아버지의 아이였으면 좋겠소."

"아버지의 흔적이 이곳에서 끊겼어. 여기 한반도. 그러니 아버지의 아이일 확률이 커."

"그래서 형님과 나, 그리고 막내가 여기 있는 거 아니었소."

스워드 노 사장은 목이 타는지 독한 위스키를 다시 술잔이 찰랑거릴 정도로 가득 채웠다. 그리고 풍점 노 사장의 술잔도 가득 채웠다.

　"나도 그 흔적이 아버지의 아이, 적자였으면 좋겠어."

　"얼마 만에 우리 아홉 형제가 한자리에 모이는지 모르겠소."

　"오래되기는 했군."

　풍점 노 사장도 아련한 눈으로 술잔을 들었다.

　챙―

　두 술잔이 가볍게 부딪혔다.

　"그런데 그 아이는 어떻게 찾았소?"

　스워드 노 사장은 궁금한 듯 물었다.

　"막내가 찾았어."

　"막내?"

　"그래, 봉황회 안에서."

　풍점 노 사장의 말에 스워드 노 사장의 표정이 굳어졌다.

　"봉황. 그들의 성정이라면……, 위험하지 않소?"

　스워드 노 사장이 눈을 부릅떴다.

　"아직은 괜찮아. 무슨 이유인지 모르나 백택이 봉황의 눈과 귀를 가리고 있다고 하더군."

　"하아―."

스워드 노 사장은 옅은 안도감을 내비쳤다.

허나 그것도 잠시.

"백택이면 암행규찰이 알아낸 것일 테고, 그러면……."

스워드 노 사장의 얼굴은 다시 흥분으로 인해 붉게 변했다.

"맞아, 확률이 크지. 그래서 내 너를 찾아온 것이고."

"끄으."

스워드 노 사장은 주먹을 꽈 쥐며 기쁨을 애써 누그러트렸다.

"하지만 그리 간단하지만은 않아."

"무슨 말이오?"

"구미호와 강철이가 그 아이의 정체를 알아차렸지."

그 말에 스워드 노 사장의 미간이 구겨졌다.

"……!"

"그 아이를 이용해 왕좌를 탈취할 모양이야."

"감히!"

스워드 노 사장은 카운터를 주먹으로 묵직하게 내려쳤다. 그런 그의 눈에서 시퍼런 안광이 튀어나왔다.

"진정해라."

"지금 진정하게 생겼소?"

"아직 그 아이가 아버지의 적자라는 건 확인되지 않았어."

"하지만……."

"수백 년 기다림을 수포로 돌릴 생각이 아니라면 마음을 가라앉혀."

"알았소."

애써 감정을 다스리는 그의 귀에 풍점 노 사장의 목소리가 이어졌다.

"그리고 막내도 한동안 더 봉황회에 둘 거야. 그들의 움직임을 살필 눈이 필요해."

"당연한 거 아니오."

아직 흥분이 가시지 않았는지 빈 술잔을 채우는 그의 손은 미세하게 떨리고 있었다.

"그나저나 누구요? 아버지의 피를 이었다는 아이가."

"너도 알걸."

"예?"

스워드 노 사장은 깜짝 놀라 반문했다.

"박현."

"……박현? 박현?"

눈을 깜빡이며 그의 이름을 중얼거리던 스워드 노 사장의 눈이 부릅떠졌다.

"그……."

"그래, 그 백호."

"백호가 아니었소?"

그 물음에 풍점 노 사장이 고개를 저었다.

"아니라더군. 아직 용으로 눈을 뜨지는 못한 모양이야."

"하지만 백호라니……."

"나도 아직은 잘 모르겠어. 아버지의 아들들인 우리가 용이 아닌 것을 생각해 봐."

"흠……."

"어쩌면 아버지의 적자이기에 다른 천한 용들과 다르게 성장하는지도 모르지."

"하긴, 자식인 우리도 아버지에 대해 잘 모르니."

스워드 노 사장은 피식 쓴웃음을 삼켰다.

"그나저나 놀랍소. 그 녀석이 아버지의 피를 이은 적자라니. 아니 적자는 맞소?"

"백호, 백우, 백합, 백사……. 그 아이가 드러낸 모습들이야."

"분명 아홉의 모습들이로군."

"백룡임은 확실해."

"그럼 확인할 건 하나뿐이로군."

"그래."

"아버지의 피를 이은 순수한 혈통인지 알아봐야지. 순수이자 순백의 혈통. 너무나도 순수하기에 어둠마저 포용하고 있는지."

풍점 노 사장도 긴장되는지 술잔을 꽉 쥐었다.

"그에게는 언제 갈 거요?"

"날 밝는 즉시. 상황이 상황인지라. 아직 잠룡이니까. 봉황이 아니더라도 강철이와 구미호 등 다른 잡것들에게서 우리가 그 아이를 보호해야 할지도 몰라."

"당연한 소리를 하오. 그 아이가 아버지의 적자라면 새로운 막내인 동시에 우리의 주군인 것을. 우리가 그 아이를 보호해야지 누가 보호하오?"

풍점 노 사장은 고개를 끄덕이며 술잔을 들었다.

"오랜만에 건배나 합시다."

"뭘로?"

"그가 우리의 막내이자 주군이기를 기원하며."

그의 건배사에 풍점 노 사장은 피식 웃음을 삼키며 술잔을 마주했다.

"오랜 기다림이 마침표를 찍을 수 있기를."

둘은 동시에 술잔을 비웠다.

"맞았으면 좋겠소, 큰형님."

스워드 노 사장의 말에 풍점 노 사장의 입가에 서늘한 미소가 지어졌다.

"그렇다면 우리 용생구자(龍生九子)[1]가 다시 세상으로 나가는 거지. 복수의 칼날을 들고."

퍼석!

두툼한 술잔이 그의 손아귀 안에서 가루가 되어 바닥으로 떨어져 내렸다.

*　　　*　　　*

자정 무렵.

시끌시끌하던 별왕당에 쥐죽은 듯 적막이 내려앉았다.

잘 사람은 별채로 가서 자고, 아니면 나가서 아침에 들어오라고 밖으로 내쫓았기 때문이었다.

중요한 일이라는 것을 눈치챘기에, 호족 전사들은 일찍이 잠자리에 들었고, 당래불과 망치 박은 얼씨구나하고 밖으로 놀러나갔다.

시간을 들여 정성을 다해 신당을 깨끗하게 청소한 조완희는 찬물로 샤워를 하고 깨끗한 한복으로 갈아입은 뒤 신당으로 나왔다.

박현이 조용히 신단 앞에 가부좌를 틀고 앉아 명상에 잠겨있었다.

조완희는 그런 박현을 잠시 일견한 후 깨끗한 청수(淸水) 한 그릇을 떠 마당으로 나갔다.

동서남북을 향해 정성스럽게 절을 올린 후 청수를 한 모금 입에 담았다.

"푸후—. 딱딱딱."

물을 내뿜은 후 고치삼통(叩齒三通), 이를 세 번 소리 내
어 부딪혔다.

다시 청수를 들고 신당으로 들어가는 조완희의 표정은
경건하기 이를 데 없었다.

신당으로 들어온 조완희는 경상에 앉아 향촉을 밝혔다.
향촉을 밝힌 성냥마저도 입으로 불지 않고 손을 저어 끌 만
큼 몸가짐이 매우 조심스러웠다.

경면주사(鏡面朱砂)[2]를 청수에 잘 녹여냈다.

원래 다른 이들은 부처님이나 옥황상제께 축고(祝告)[3]를
올리지만 조완희의 몸주는 대별왕이기에 그저 그를 마음에
담아 정갈하게 붓을 들었다.

사삭— 사사삭—

노란 괴황지(槐黃紙)[4]에 붉은 선이 힘 있게 뻗어나갔다.

고작 세 장.

그 세 장을 쓰는 데 자그마치 세 시간이 넘게 걸렸다.

얼굴은 세수를 하고 물기를 닦지 않은 듯 땀범벅이었고,
상의는 땀에 젖어 언뜻 맨살이 보일 정도였다.

"후우—."

세 장의 부적을 모두 그린 후 조완희는 뒤로 반걸음 물러

나 합장으로 인사를 올린 후 그제야 편하게 자리에 앉아 마른 수건으로 땀을 닦아냈다.

잠시 숨을 돌린 조완희는 세 장의 부적을 조심스럽게 들어 신당으로 향했다.

"현아."

조완희는 조용히 박현의 명상을 깨웠다.

"……."

잠시 시간을 들여 박현은 눈을 뜨고 옆에 앉은 조완희를 쳐다보았다.

"이거."

"부적?"

"그래. 가지고 다녀."

"이 시간 동안 쓴 거냐?"

"내 평생 이렇게 정성을 들여 쓴 부적도 또 없을 거다."

조완희는 미소에는 피곤함이 담겨 있었다.

"첫 장은 심신안정부(心神安定符)라고 심신을 안정시키는 부적이고, 두 번째는 제살부(除殺符)라고 흉살을 누르고 수신을 보호해 주는 거다. 그리고 마지막은 악귀불침부(惡鬼不侵符)다. 악한 기운이 들지 못하게 막아줘."

박현은 부적을 잠시 바라보다 조완희를 지그시 쳐다보았다.

'그래, 고맙지? 고맙다고 해라.'

조완희도 부드러운 미소로 박현의 목소리를 기다렸다.

"근데 뭐가 이름이 뭐가 이렇게 직설적이냐."

조완희의 몸이 휘청였다.

"효과는 있지?"

박현이 부적을 슬쩍 흔들어 보였다.

쿵!

조완희는 팔이 꺾여 팔꿈치가 바닥을 찧었다.

"으으으으!"

조완희는 몸을 일으키며 몸을 부르르 떨었다.

박현은 그 모습에 피식 웃었다.

"이제 너답네. 고맙다."

박현은 세 장의 부적을 곱게 접어 품으로 넣었다.

"병 주고 약 주고, 이런 게 친구라고. 나와, 차나 한 잔 하게."

조완희가 자리에서 일어나며 투덜거렸다.

"차?"

"동틀 새벽녘에 마시는 차가 좋아."

박현이 고개를 돌려 밖을 쳐다보니 여명이 밝아오고 있었다.

잠시 후, 조완희가 찻상을 가져와 맑은 차를 우려냈다.

"자."

조완희는 우려낸 차를 찻잔에 따라 박현 앞에 놓았다.

"음."

새벽이라 그런지 쌀쌀함에 마시는 따뜻한 차가 심신을 씻어내는 듯, 입가에 담담한 미소가 절로 그려졌다.

"나쁘지 않지?"

"좋네."

조완희의 물음에 박현은 고개를 끄덕이며 쌉쌀한 맛을 즐겼다.

"맞다."

차를 거의 비울 때쯤 뭔가가 떠오른 듯 박현은 조완희를 불렀다.

"……?"

"기원이."

"기원이가 왜?"

"내 정신이 없어서 그랬는데……, 걔 뭐 사고 쳤어? 하루 종일 힘도 없고, 구석에 벽 보고 쪼그려 앉아 우는 것도 같더라."

"품!"

그 질문에 조완희는 마시던 차를 순간 뿜어냈다.

"아이 씨, 더럽게."

박현은 옷에 묻은 차를 손으로 털며 인상을 찌푸렸다.

"흐흐흐흐."

조완희는 입가에 묻은 차를 닦으며 뭐가 그리 좋은지 웃음을 삭혔다.

"흐흐흐…… 흐, 하긴 너는 모르고 있겠구나."

조완희는 겨우 웃음을 참는 모습이었다.

"보자~ 보오자~."

조완희는 콧노래를 부르며 스마트폰에서 사진첩을 열었다.

"여기."

"음?"

사진 속 건물은 박현의 집이었다.

그 집 1층 한 벽면이 완전히 무너져 있었다.

"기원이가 실수로 부쉈다는 거 아니냐. 그래서 그래. 전전긍긍, 매일 벽만 보고 땅만 보며 울어."

"이거 참."

박현은 머쓱하게 머리를 긁었다.

"저거 내가 부쉈다."

"응?"

"뭐 이렇게 아작까지 낸 건 아니지만."

"푸하하하하하하."

박현의 말에 잠시 눈을 깜빡깜빡거리던 조완희는 대소를 터트렸다. 급기야 배를 잡고 바닥을 구르며 웃더니 숨도 잘 쉬지 못하는 듯 마른기침도 내뱉었다.

"아이고, 배야. 푸하하하하하."

조완희는 그렇게 한참을 더 웃고 나서야 겨우 진정하며 바로 앉았다.

"이걸…… 어떻게 써먹지?"

게슴츠레한 눈엔 장난기가 가득 담겨 있었다.

쿵쿵쿵!

"거 계시오?"

문 밖에서 문기척 소리와 함께 굵은 목소리가 담장을 넘어 들려왔다.

"음?"

이제 아침 여섯 시를 막 지나고 있었다.

"점 안 봅니다."

조완희는 조금 소리를 높였다.

"조 박수. 나 풍의 노 사장일세."

밖에서 대답이 들려왔다.

"노 사장님?"

조완희는 의아한 표정을 지으며 자리에서 일어났다.

마당을 가로질러 대문을 열자 노 사장, 용생구자의 장자 비희(贔屭)[5]가 서 있었다.

"오랜만이로군."

"이 이른 시간에 어쩐 일로 오셨습니까?"

조완희는 정중하게 인사를 하며 그와 함께 온 다른 중년 사내에게 시선을 주었다. 함께 온 이는 스워드의 노 사장, 이문(螭吻)[6]이었다.

"이분은……."

이문은 나름 암전에서 유명한 이라 조완희도 그의 얼굴을 기억하고 있었다.

"잠시 일이 있어 동행했네."

"아, 예. 조 박수입니다."

안면은 있었지만 인사를 나눈 기억이 없어 조완희는 자신을 소개했다.

"노 사장이오."

성도 같고, 직함도 같아 조완희는 어색한 웃음으로 인사를 받으며 둘을 별왕당 안으로 안내했다.

안으로 들어온 비희와 이문은 마루방에 앉아 차를 마시는 박현과 눈을 마주쳤다.

"오랜만입니다."

박현은 자리에서 일어나 가볍게 둘에게 인사했다.

"함께 있는 줄 몰랐군."

"일이 있어⋯⋯."

"결계가 좋군."

이문이 주변을 둘러싼 은은한 기운에 흡족한 미소를 지었다.

"아, 예⋯⋯."

무례하다면 무례할 수 있는 행동에 썩 기분이 좋지는 않았지만 비희가 있어 조완희는 최대한 예의를 차렸다.

팟!

조완희의 말이 끝나기도 전에 둘째 이문의 신형이 사라졌다. 그리고 그가 모습을 다시 드러낸 곳은 박현 앞이었다.

고오오오오오—

이문에게서 형형할 수 없는 기운이 해일처럼 일어나 박현을 그대로 집어삼켰다.

당연히 박현은 안색을 굳히며 몸에서 백색의 신기를 풀어 그의 힘에 대항했다.

"무슨 짓입니까?"

박현의 목소리는 곱지 않았다.

아니 다짜고짜 자신을 억압하는데 고운 말이 나올 리 없었다. 더욱이 흑기마저 그의 평정심을 깨트린 후였기에.

박현의 기운에 이문의 눈빛이 반짝였다.

"크하아악!"

이문은 포효를 터트리며 박현에게 손을 뻗었다.

박현이 어찌하지도 못하고 그에게 멱살이 잡힐 정도로 그의 움직임은 빨랐다. 더욱이 자신을 짓누르는 기운은 숨을 쉬기 힘들 정도로 무겁고 강력했다.

"끄으—."

흡사 봉황과 해태를 마주한 느낌이었다.

'평범한 이가 아니라 여겼지만…….'

박현은 짧은 그 순간 이문의 눈에서 피어나는 신기를 보았다.

'인간이 아닐 줄이야.'

후우우욱!

그 순간 팔꿈치가 무시무시한 힘을 담아 박현의 턱으로 날아왔다.

"……."

저걸 맞는 순간 턱은 완전히 부서지리라.

"크르르르."

박현도 더는 참지 못하고 백호의 진체를 드러내며 그의 팔꿈치로 손을 내밀어 막아갔다.

펑!

이문의 팔꿈치가 박현의 손에 막히는 순간, 이문이 이죽 웃음을 그렸다.

"백호로군."

"크르르르!"

『무슨 이유인지 모르나…….』

"알 필요 없어."

이문의 몸이 아래로 툭 꺼지며 박현의 다리를 걸어차 올렸다.

흡사 무예를 닦은 고수라고 해도 과언이 아닐 정도로 그의 몸놀림은 가히 절학이었다.

발에 걸린 박현은 바닥에 등이 닿는 순간 몸을 튕겨 다시 신형을 바로 세웠다.

쑤아아악— 쾅!

그런 박현의 얼굴로 이문의 발이 날아와 꽂혔다.

그 충격에 박현의 몸은 뒤로 날아가 마당을 나뒹굴었다.

"크르르르."

박현은 얼굴을 감싼 양팔을 내리며 짙은 살기를 내뱉기 시작했다.

*   *   *

"이, 이 무슨!"

이문의 갑작스러운 공격에 조완희는 잠시 당황하다가 짙

은 분노를 드러내며 언월도를 꺼내들었다.

비희가 그런 조완희의 팔을 잡아 말렸다.

"노 사장님!"

"이유가 있네. 미안하지만 기다려 주게."

"어떤 이유인지는 몰라도 제가 용납 못 합니다."

조완희는 그의 손을 뿌리치며 언월도를 드러냈다.

"미안하지만 이번만큼은 내 뜻을 따라줘야겠네."

비희의 몸에서 시퍼런 신기가 풀어져 나와 조완희의 몸을 에워쌌다.

"크으!"

조완희는 눈을 부릅뜨며 강신을 위해 칠성방울을 울렸다.

차라라─툭!

그러나 그 방울 소리는 신기에 억눌려 소리가 죽어버렸다.

방울 소리는 하늘의 소리이며 하늘에 닿아야 하는 소리다.

그런 소리가 끊겼다.

조완희는 믿기 어려운 눈으로 비희를 쳐다보았다.

"세상에 믿기 어려운 일들도 있는 법이네."

쏴아아아아─

그 순간 별왕당 안으로 거센 지기(地氣)가 끓어올랐다.

성황신이다.

"성왕[7]께서도 자리를 피해주시겠소. 내 훗날 친히 대별왕께 죄를 청할 터이니."

비희는 힘으로 성황신의 지기를 눌러버렸다.

'처, 천외천!'

조완희의 눈동자가 잠시 흔들렸다.

하지만 그것도 잠시.

이곳은 자신의 신당이다.

조완희는 방울을 던지며 한 움큼의 부적을 비희에게 던졌다.

강림차사포박부(降臨差使捕縛符)부터 해서 온갖 부적이 비희의 몸을 휘감았다.

퍼버벙!

강림차사포박부는 붉은 오랏줄로 변해 비희의 몸 곳곳을 칭칭 감았고, 어떤 부적은 불을, 어떤 부적은 그의 몸을 검게 물들여가기도 했다.

"대별왕의 신제자는 신제자로구나!"

비희는 은은한 노기를 내비치며 가슴을 크게 부풀렸다.

"갈!"

퍼버버버벙!

그 일갈에 그의 몸에 엉겨 붙던 부적들이 터져 나갔다.

그 사이 조완희는 재빨리 방울을 흔들어 관성제군을 몸

에 받아들였다.

"흠……."

관성제군은 조완희의 눈으로 비희를 쳐다보며 히죽 웃었다.

"이게 누구신가."

"끄응."

비희는 조완희를 보며 앓는 소리를 삼켰다.

"영 소식이 없기에 죽지 않았으리라 여겼는데…… 지척에 있을 줄은 몰랐네그려."

"잠시 참아줄 수는 있겠는가?"

비희는 조완희에게 양해를 구했다.

"그러고 싶네만……, 이 녀석이 그걸 원하지 않으니 어쩌겠는가?"

조완희의 몸에서 시퍼런 신력이 터져나왔다.

"그 아이의 몸을 가지고 본신에게 상대가 된다 여기는가? 헛힘 쓰지 마시게."

"허나 재미있지 않은가? 아홉의 첫째여."

쐐애애액!

조완희는 히죽 웃음을 짓는 동시에 비희의 목을 향해 언월도를 휘둘렀다.

*   *   *

백우.

'좋지 못하군.'

박현은 주먹을 말았다 폈다 하며 눈앞에 서 있는 이문을 노려보았다. 백호에 이어 백우까지 드러냈지만 이문의 진체조차 보지 못했다.

'흑기, 흑기를 꺼내야 하는 건가?'

겨우 억눌렀건만.

박현은 진체를 풀어 인간의 모습으로 돌아와 품으로 손을 넣었다.

빳빳한 세 장의 부적이 느껴졌다.

하지만 이내 품에서 손을 뺐다.

백기로 이겨내야 한다.

흑기에게 먹히지 않고 자유자재로 다룰 수 있기 전까지.

백기로 중심을 잡을 수 있을 때까지.

"뭐야? 이대로 포기하는 건가? 그러면 실망인데……."

이문은 눈가를 찌푸리며 실망감을 언뜻 드러냈다.

"누가 포기한다고 하던가?"

"그래?"

그 말에 이문의 얼굴이 눈에 띄게 밝아졌다.

'뭐지?'

박현의 눈매가 가늘어졌다.

자신을 압박하지만 죽일 생각은 없어 보였다.

뭔가 의도가 있어 보이지만 그 의도를 알 수가 없었다.

거기에 천외천이라니.

이 땅에 해태와 용왕을 제외하고 봉황회 외에 천외천이 또 존재할 줄이야. 서기원을 통해 봉황회 또 다른 천외천인 장로들의 면면을 이미 외워두었다.

또 다른 이상함도 있었다.

그건 그의 폭력적인 기운이 그다지 위협적이지 않다는 것이다.

그가 손속에 여유를 둬서가 아니다.

기운, 그 기운이 뭔가 낯설지 않았다.

친근하다.

박현의 고민이 더욱 깊어질 때였다.

"안 오면 본신이 갈까?"

이문의 목소리가 박현의 상념을 깨트렸다.

다시 박현의 몸에서 신력이 터져 나오기 시작할 때쯤이었다.

"끄아악!"

비명 소리와 함께 조완희가 피를 토하며 쓰러지는 것이

눈에 들어왔다.

"완희야!"

순간 피가 거꾸로 솟구치는 느낌이 들었다.

"개새끼들!"

촤악—

박현은 조금 전 조완희가 건넨 부적을 망설임 없이 찢어발겼다.

후오오오오!

더욱 거대해진 백기 사이로 거칠고 난폭한 흑기가 타져나왔다.

스스스슷—

박현이 이문을 향해 달려들며 검은 독을 두른 백사로 변했다.

기이한 움직임으로 이문의 사각을 파고들며 그에게 독을 뿌렸다. 독에 그의 몸이 잠시 경직되자 박현은 망설임 없이 조완희를 덮쳐가는 비희의 등을 노리며 날아갔다.

"사하아아악!"

그리고 박현의 분노가 만들어낸 살기, 그 살기는 독을 담은 검은 흑기로 변했다.

"……!"

낯을 찌푸린 채 독을 몰아내며 박현의 신형을 눈으로 좇던 이문의 동공이 그 순간 확장되었다.

순수한 백.

그리고 순수한 흑.

"으으으."

이어 주먹을 말아 쥐며 몸을 바르르 떨었다.

벌겋게 달아오른 눈에 습기가 살짝 맺혔다.

'아버지.'

이문은 하늘을 올려다보았다.

"으아아아아아!"

결국 이문은 격정을 이기지 못하고 함성을 터트렸다.

*용어

1) 용생구자(龍生九子): 이익의 성호사설에 따르면, 중국 홍치제 때 어떤 사람이 이르기를 '용이 새끼 아홉을 낳았는데 용이 되지 않고 각기 좋아하는 것이 있었다' 라고 전했다. 용생구자의 이름은 비희, 이문, 포뢰, 폐한, 도철, 공복, 애자, 금예, 초도이다. 본 소설에서는 용생구자의 용을 백룡으로 설정하였다.

2) 경면주사(鏡面朱砂): 경면주사, 주사(朱砂), 단사(丹砂), 광명사(光明砂)라고도 한다. 보석과 같은 광물의 한 종류로, 붉은색을 띤다. 귀신을 쫓는 돌이라 하여 부적을 쓸 때 곱게 갈아 물에 괴어 먹물처럼 쓴다. 또한 동의보감(東醫寶鑑)과 본초강목(本草綱目)에서는 약재 혹은 독으로도 다뤄진다.

3) 축고(祝告): 축고(祝告), 빌 축에 알릴 고. 천신, 하늘님, 혹은 부처님 등 모시는 신에 알리는 일종의 축문을 읽는 행위이다.

4) 괴황지(槐黃紙): 부적의 노란 종이로 한지를 괴화(회화나무의 꽃)로 염색한 것이다. 괴황지는 불에 닿으면 불꽃이 올라오지 않고 그저 까만 재로 변한다.

5) 비희(贔屭): 거북을 닮은 용으로 무거운 것을 지 길 좋아한다. 옛날 비석을 보면 거북이 받침이 많은데 이때 이 거북이가 비희이다.

6) 이문(螭吻): 물고기 형상의 용으로 무언가를 지 켜보는 것을 좋아한다. 물에서 나온 짐승이기에 불에 강하다. 해서 한옥 용마루를 장식해 화재를 막기를 기 원했다.

7) 성왕: 성황신, 서낭신, 성황 등 여러 이름으로 불 린다.

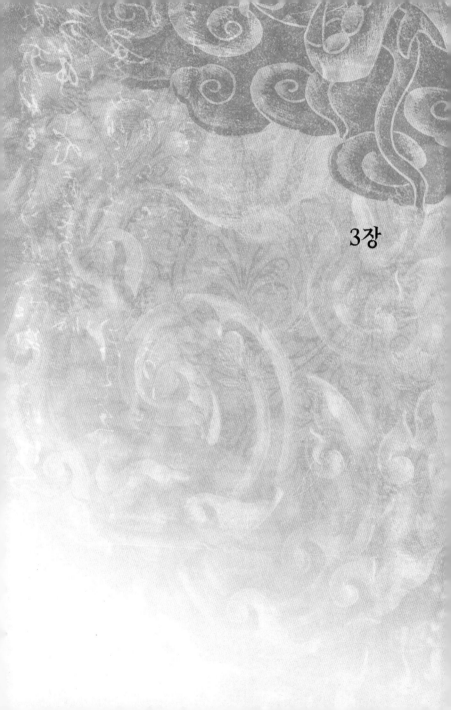

3장

"스스스— 샤하아악!"

박현은 비희의 등을 손톱에 독을 담아 할퀴며 그의 몸을 돌아 뒤로 넘어가는 조완희를 끌어안았다.

구오오오오오!

거대한 기운이 덮치자 박현은 또 다른 자신의 일부인 거대한 조개를 꺼내 방패막을 만들었다.

쾅!

어른 키만 한 조개껍데기 뒤로 거친 파동이 덮쳐올 정도로 비희의 신력은 엄청났다.

그그극— 그그그극—

박현은 백사의 모습을 버리며 거대한 조개, 흑합(黑蛤)을 깨워 자신과 조완희를 보호했다.

"괜찮아?"

"네가……."

정신을 차린 조완희는 박현을 보며 눈을 살짝 치켜뜨더니 담담한 웃음을 지었다.

"그 아이로구나."

낯선 기운과 이질적인 목소리.

"관성제군이십니까?"

"그렇다. 끄응!"

조완희는 앓는 소리를 삼키며 박현의 부축에서 벗어나 다시 섰다.

"안이 이렇게 생겼군. 대합(大蛤), 아니 흑합이라고 해야 하나?"

박현은 그를 조완희로 대해야 할지 아니면 관성제군으로 대해야 할지 애매해 어정쩡하게 그를 대했다.

"그렇군, 그래."

조완희는 뭔가 떠오른 듯 고개를 끄덕였다.

"이 녀석 걱정할 것은 없다. 그리고 너도 일단은……. 재미있군, 재미있어. 으허허허허허허! 그럼 다음에 또 보자꾸나, 아이야."

조완희는 묘한 눈빛으로 박현을 보며 대소를 터트리더니 고개가 뚝 떨어졌다. 그리고 그의 몸도 바닥으로 풀썩 쓰러졌다.

박현은 재빨리 조완희를 바닥에 눕혔다.

그극— 그그그극!

꽉 다물린 조개껍데기가 삐거덕거리며 조금씩 틈이 벌어지기 시작했다.

비희 아니면 이문이리라.

설마 꽉 닫힌 조개껍데기를 강제로 열 줄이야.

아니 한 번도 자신의 절대방어인 조개껍데기가 누군가의 힘에 열려질 거라 생각지도 못했었다.

"……!"

조개껍데기가 열릴 때까지 기다렸다가는 그대로 당한다.

쉽게 당해줄 수는 없다.

박현은 잔뜩 굳은 얼굴로 조완희를 뒤로 밀며 신력을 끌어올렸다.

"후우—."

박현은 숨을 한 번 몰아쉬며 있는 힘을 끌어모아 신력을 터트렸다.

파앙—

조개껍데기를 활짝 열며 박현은 밖으로 튀어나갔다.

후우우웅!

건틀렛을 꺼내든 박현은 이문을 향해 주먹을 날렸다.

턱!

그의 주먹은 너무나도 쉽게 이문의 손에 잡혀버렸다.

진체도 상대가 안 되는데 인간의 모습으로는 어림도 없었다. 하지만 진체를 드러낼 수는 없었다. 이미 진체, 백합의 모습으로 조완희를 보호하고 있었기 때문이었다.

"이익!"

박현은 이를 악물며 몸을 틀어 이문의 시타구니를 향해 발을 차올렸다.

"⋯⋯!"

하지만 그 전에 이문이 박현을 잡아당겨 품에 안았다.

"동생아!"

숨이 턱 막힐 정도로 억센 포옹과 그의 목소리에 다음 공격을 이어가려던 박현의 동공이 크게 확장되었다.

"찾았습니다, 아버지."

울음이 섞인 목소리.

이문은 그를 품에서 잠시 떨어뜨리며 박현의 얼굴을 쳐다보았다.

"네가!"

웃고 있는 얼굴에 눈물이 흘러내리고 있었다.

"막내로구나!"

이문은 다시 박현을 잡아당겨 끌어안았다.

그의 몸은 잘게 떨렸다.

좀 더 커진 울음 때문이리라.

그런데…….

'막내? 동생?'

박현은 그를 밀어내며 그의 품에서 떨어졌다.

"고생했겠구나."

그런 그의 곁으로 비희가 다가와 어깨동무를 걸치며 손
에 힘을 꽉 줬다.

"……."

박현은 눈살을 슬쩍 찌푸리며 비희의 팔을 치우고는 둘
에게서 좀 더 거리를 뒀다.

적은 아님이 분명했다.

그렇다고 해서 경계심마저 사라진 것은 아니었다.

박현의 눈매가 가늘어졌다.

하지만 이해할 수 없는 말들.

그 안에 자신의 본질이 담겨 있었다.

자신이 누구인지 이들은 아는 것이 분명했다.

그들이 착각하지 않았다면.

"누구십니까? 그리고 본인을 아십니까?"

박현은 둘을 일견하며 물었다.

"이런, 너무 기쁜 나머지 우리가 너무 급했구나."

비희는 '아차' 하는 표정을 지었다.

"하긴, 다짜고짜 공격해 놓고, 동생이라 했으니."

둘의 얼굴에는 기쁨을 참지 못한 듯 환한 웃음이 연신 피어났다.

"우리는 용생구자다."

"용생구자?"

박현은 언뜻 이해가 가지 않아 반문했다.

"아버지의 아홉 아들, 당연히 우리의 아버지는 용이시지."

비희는 다정한 눈으로 박현을 쳐다보며 대답을 했다.

그 순간 박현은 심장이 터질 것만 같았다.

몸도 잘게 떨리는 것 같아 주먹을 꾹 쥔 채 감정도 꾹꾹 눌러 앉히며 겨우 입을 뗐다.

"백룡입니까?"

그 물음에 비희는 담담하게 미소 지으며 고개를 저었다.

순간 박현의 심장이 쿵하고 내려앉는 느낌이었다.

"본인은 ⋯⋯백룡입니다."

박현은 벌겋게 달아오른 감정이 한순간 식어 내렸다. 씁쓸한 웃음기가 그의 입가에 그려졌다.

"백룡이면서도 흑룡이시지. 너처럼…….."

이어진 말에 박현의 눈이 부릅떠졌다.

"어떨 때는 백룡이시며, 어떨 때는 흑룡이신……, 누구도 그분의 색을 모른다."

박현의 눈동자가 파르르 떨렸다.

"너무나도 순수하기에 빛도 어둠도, 백과 흑도 모두 가지신……, 아버지는 그냥 용이시다."

박현의 눈이 비희와 마주쳤다.

지금 자신의 표정이 어떤지 인지하지 못할 정도로 박현의 감정은 널을 뛰듯 파도쳤다.

"우리는 그런 아버지의 아들들이다."

비희.

"아홉의 아들. 그래서 용생구자."

이문.

"너는 아버지의 유일한 적자다. 그러기에 우리들의 막내이자, 주군이다."

"……?"

막내면 막내지, 적자는 무엇이고, 주군은 또 무엇이란 말인가?

"내 마음만 급했군."

비희는 머리를 슬쩍 긁적이더니 다시 설명을 이어갔다.

"우리는 용의 자식으로 태어났지만 용이 아니다. 아버지의 피가 온전히 전해지지 않은 것인지, 타고난 천성이 이런 것인지 모르나, 우리는 용이 아닌 다른 것이 되었다."

분명 설명을 듣는데 이해가 되지 않았다.

"그럼 무엇입니까?"

"나는 비희다."

"……?"

"음……. 봉황이 봉황이고, 용왕이 용왕이듯, 나는 그냥 비희다."

그 말에 어렴풋이 이해가 되었다.

"그래서 네가 적자라는 것이다. 너는 온전히 아버지의 피를 이어받았으니까."

"아버지라……."

평생 잊고 살아온 단어.

어릴 적에는 몇 번, 아니 자주 떠올렸을지 몰라도 기억에는 없었다.

"아버지를 보았느냐?"

혹여나 일말의 희망을 품은 듯 이문의 목소리는 가늘게 떨렸다.

박현은 그 물음에 고개를 저어 보였다.

"이름도, 얼굴도 알지 못합니다. 제 기억 속에는 없습니다."

"아무것도 알지 못하는 것이냐?"

"저는 모릅니다."

"……!"

"……!"

그는 모르지만, 누군가가 안다는 의미이기에 비희와 이문의 눈이 화등잔처럼 떠졌다.

"누구냐! 아버지를 아는 자가."

이문이 좀 더 거리를 좁히며 다급히 물었다.

"제 할머니. 북천무가의 가주입니다."

"북천무가?"

이문은 반문했고, 비희는 슬쩍 미간에 주름을 그렸다.

"멸문하지 않았던가?"

"멸문했었다고 들었습니다."

"들었다?"

"역천을 했다고 하더군요."

이어진 부연에 비희와 이문은 조용히 눈을 감았다.

역천.

하늘을 거슬렀다.

이는 많은 것을 의미했다.

아버지는 돌아가신 게 틀림없다.

혹시나 했는데.

그래도 혹시나 했는데.

왜냐하면 아버지는 태초의 용이시며, 고귀한 존재이시니.

피 묻은 그 서신이, 아버지가 보내온 그 서신이 참일 리 없다 위안했었는데…….

비희는 박현을 쳐다보았다.

하늘을 거슬러 태어난 아이.

아버지가 돌아가시며 남긴 안배이자, 자신들의 형제가 바로 눈앞에 있었다.

"그런데 말을 들으니 이상하구나."

비희는 고개를 갸웃거리다가 박현의 입가에 들어선 쓴웃음을 보게 되었다.

"말하자면 깁니다. 간단히 말하자면 할머니는 본인의 출생 비밀을 아는데……, 그분이 어디에 있는지 모릅니다."

"당장 찾아야겠구나."

비희.

그의 마음은 급해졌다.

그녀는 그날의 비밀을 알고 있을 터.

"못 찾으실 겁니다."

"……?"

"해태님과 용왕께서 나서서 찾고 계시지만 찾지 못한다

고 하시더군요.”

“해태? 용왕?”

“그들이 네 정체를 아느냐?”

이문이 둘 사이에 끼어들었다.

“예.”

“해태와 용왕이라…….”

이문은 용왕의 호칭에서 낯을 슬쩍 찡그렸다.

“그 싸가지가 그냥 보고만 있지는 않았을 텐데.”

“흠…….”

비희는 생각이 많은 듯 큰 숨을 내쉬었다.

“미천한 주제에 용이랍시고. 꼴사나운 것 같으니라고.”

둘 사이에 어떤 원한이라도 있는 모양인 듯 이문은 용왕 문무를 향해 탐탁지 않은 심경을 내비쳤다.

“네가 용이라는 걸 아는 이가 더 있더냐?”

“몇 있습니다.”

“몇이라…….”

“모두 믿을 수 있는 이들입니다.”

“상관없다.”

조심하라거나, 아니면 더는 알려지지 않게 하라는 말들을 할 줄 알았는데, 비희는 그다지 개의치 않는 반응이었다.

"너는 우리, 아홉 형제가 지킨다. 봉황이 오더라도, 우리는 너를 지킬 것이다. 무슨 말인지 알겠지?"

비희의 말에 박현은 묵묵히 고개를 끄덕일 수밖에 없었다.

"슬슬 깨는 모양입니다."

비희는 미간을 좁히며 고개를 돌려 별왕당을 쳐다보았다.

"어떻게 할 거요?"

이문도 신당 쪽을 바라보며 물었다.

"아직은 우리가 모습을 드러낼 때가 아닌 듯싶구나. 어쩌겠느냐? 함께 가겠느냐?"

비희는 이문에게 말을 한 후 박현에게 의중을 물었다.

"생각의 정리가 필요합니다."

박현은 조용히 고개를 저었다.

"하긴 느닷없이 형이랍시고 하나도 아니고 아홉이 튀어나왔으니⋯⋯. 나와 문이가 어디에 있는지 아니 생각의 정리가 끝나면 오거라."

"알겠습니다."

"너무 늦지는 마라."

"⋯⋯알겠습니다."

"네가 알지 모르겠지만 봉황회 내에서도 너의 정체를 아는 이들이 있다. 그리고 좋은 마음으로 움직이지는 않을 것이 분명하다. 허나 너무 걱정 마라. 너는 혼자가 아니니."

비희는 맏형의 웃음을 보이며 그 자리에서 사라졌다.

《오늘 일은 당분간 비밀로 하여라. 봉황의 눈이 이곳으로 향해있으니. 그럼 다시 보자꾸나, 막내이자 주군이여.》

비희와 이문이 사라지고.

사아아아아—

처음에는 몰랐지만, 사방을 덮고 있던 기운이 사라졌다.

아마 둘이 만들어낸 결계일 듯싶다.

그게 아니라면 이 난리가 났는데 신당에서 자던 이들 중 누구도 알아차리지 못할 리 없기 때문이었다.

'용생구자⋯⋯, 나의 형제들이라.'

박현은 그들이 사라진 곳을 향해 쳐다보았다.

가라앉은 심장이 다시 뛰기 시작했다.

*　　　*　　　*

별왕당 대청마루에 앉아 있는 박현은 깊은 생각에 잠겨 있었다.

탁!

미세한 소리에 박현은 상념에서 벗어났다.

"마저 마셔야지."

조완희는 새로 내온 차를 박현에게 건넸다.

"몸은?"

"나야 뭐. 좀 쑤시는 거 외에는……. 괜찮아?"

오히려 조완희가 박현에게 걱정스러운 목소리로 물었다.

"나?"

용생구자.

아홉 형제들.

"아—."

박현의 표정은 복잡했다.

"생각지도 못한 뿌리를 알게 되어서 좋기도 하고, 어색하기도 하고, 의심도 들고."

"하긴 나도 당황스러운데……."

조완희는 '너는 오죽하겠느냐'라는 뒷말은 삼키며 말을 이었다.

"관성제군께서도 아시는 눈치였으니 거짓은 아닌 거 같다."

박현 또한 관성제군의 마지막 웃음과 의미심장한 말이 떠올랐다.

신이 거짓을 말할 이유는 없다.

다만 말을 하지 않았을 뿐.

"흠—."

박현의 입가에 쓸쓸한 미소가 걸렸다.

"왜?"

"매번······."

"······?"

"나에 대한 일인데, 나에 관한 일인데······. 나만 모르니까."

"힘내라."

조완희는 별다른 말 대신 박현의 어깨를 툭툭 쳤다.

"너답지 않다."

"나라고 별수 있나?"

"내놔."

조완희가 눈살을 찌푸리다가 손을 내밀며 흔들었다.

"뭐?"

"부적."

"부적?"

"지켜보기 그렇다. 일단 다시 내놓고 흑기 한번 돌려."

그 말에 박현이 피식 웃음을 삼켰다.

"다시 줄 테니까 일단 내놔."

"그거 없다."

"그래 없는 거 아니까 내······, 응? 뭐?"

조완희는 박현의 말을 금세 이해하지 못하고 반문했다.

"너 구한다고 새벽에 찢어버렸어."

"너, 너……, 그, 그게…….'"

조완희는 너무 황당해 말조차 제대로 나오지 않았다.

"다시 만들어라."

"야!"

너무나도 당연하다는 듯 말하는 박현의 말에 조완희는 자리에서 벌떡 일어나며 소리를 버럭 질렀다.

"그냥 바닥에 버리든 아공간에 넣든 품에서 떨어뜨리면 되었잖아!"

"……아!"

박현은 조완희의 말에 뒤늦게 무릎을 쳤다.

"……아? 아아?"

조완희는 입을 쩍 벌리더니 이내 몸을 부르르 떨었다.

"그거 만들려면…….'"

"잘 마셨다."

박현은 자리에서 벌떡 일어났다.

"친구야, 부탁한다."

그 말만 남기고 축지로 그 자리에서 사라졌다.

"이! 이! 야아아아!"

조완희의 노성이 한 박자 늦게 터졌다.

*　　　*　　　*

『허어—.』

해태는 약초차가 담긴 투박한 질그릇을 들다 다시 내려 놓더니 탄식을 터트렸다.

『용생구자라…….』

해태는 그들의 이름을 중얼거렸다.

『그렇구나. 내 그들을 잊고 있었어.』

해태는 박현을 지그시 바라보았다.

『이제야 이해가 가는구나.』

해태는 고개를 주억였다.

"그들을 아십니까?"

『비희와 이문은 두어 번 본 적이 있구나.』

"그, 그럼……."

박현은 긴장감에 목이 잠기는지 말을 한 번에 잇지 못하고 마른 침을 삼켰다.

"……아버지를 아십니까?"

박현의 물음에 해태는 고개를 저었다.

박현의 낯이 실망감으로 물들 때 해태의 입이 다시 열렸다.

『들은바, 그는 태초의 용이라. 그 어느 색도 가지지 않았다. 색이 없어 오히려 색을 보니 다들 그를 백룡이라 불렀으나, 그에게는 어둠도 있었으니…….』

"……."

『선하면서도 악한, 이게 내가 알고 있는 너의 아버지다.』

해태는 굳은 얼굴의 박현을 보며 희미한 미소를 지어 보인 뒤 말을 마무리했다.

『마지막으로 자유로운 신이라 들었다.』

"자유로운 신……."

박현은 해태가 내어준 질그릇을 매만지며 중얼거렸다.

『애먼 찻잔 그만 만지고 일어나거라.』

"……?"

박현은 자리에서 일어나는 해태를 올려다보았다.

『할애비가 네 녀석 형들이라는 작자들의 얼굴은 봐야지, 안 그러냐?』

푸근한 미소가 박현의 눈에 박혔다.

*　　　*　　　*

"이거 참, 당신을 여기서 볼 줄 몰랐군."

풍점 노사장, 비희는 해태를 보며 안경을 올려다 썼다.

『스쳐 가는 인연은 없다오. 그래서 인생이라는 게 참으로 재미있지 않소?』

비희는 박현을 잠시 일견하며 고개를 끄덕였다.

"조손지간이라. 이걸 어떻게 받아들여야 하지?"

이문.

그 역시 이 상황이 난감한지 머리를 긁으며 박현과 해태를 번갈아 쳐다보았다.

『이문.』

"……."

『그냥 우리 둘의 관계일 뿐이외다. 둘 사이를 의식하지 않는 게 나도 편하오.』

"그리하리다."

대답은 이문이 아닌 비희가 했다.

"안 그래도 그대와 문무가 막내의 정체를 알았다 하여 내심 걱정했는데……, 한시름 놓았소이다."

아직 완전히 용으로 탈피도 못 했는데, 자신들도 무시하지 못할 두 천외천과 가까이한다고 하니 걱정이 아니 들 리 없었다.

『솔직히 본인도 놀랐지만, 적잖게 안심하였소이다.』

해태의 말에 비희의 눈에 이채가 어렸다.

박현도 눈치를 채지 못할 정도로 빠르게 둘 사이에 눈빛만 조용히 오갔다.

『적잖게 안심한 만큼 걱정도 드오.』

"걱정하지 않으셔도 될 거요. 우리의 희망이니."

비희는 박현을 잠시 일견한 뒤 고개를 끄덕였다.

『앞으로 어찌할 생각이오? 내 들은 풍문에 의하면…….』

해태는 그들이 기다려온 억겁의 시간을 어렴풋이 알고 있었다.

"그리 걱정하지 않으셔도 되오."

"형님, 뭘 그리 설명하고 그러시오. 이건 우리 일이……."

"이문아."

이문이 귀찮다는 듯 끼어들었지만 이내 비희가 그의 말을 단호하게 잘라냈다. 비희는 박현을 잠시 쳐다보며 다시 입을 열었다.

"막내에게 할아버지라면 가족이라는 의미다. 그건 곧 우리와도 가족이……."

『허허허.』

말이 말을 낳는다고, 말을 하다가 비희는 미간을 찌푸리며 고개를 살짝 꺾었다. 그 모습이 웃긴지 해태가 낮은 웃음을 터트렸다.

『말년에 복이 들 팔자인가 보오. 손자가 생기더니 손자가 가족을 데려오는구려.』

"족보가 꼬이는데……."

이문이 조용히 구시렁거렸다.

『우리 사이에 족보는 무슨……, 마음만 통하면 되지. 안 그렇소?』

잠시 화기애애한 분위기도 잠시.

『앞으로 어쩔 것이오?』

"……."

비희는 선뜻 입을 열지 못했다. 아니 안 했다.

말은 가족이니 어쩌니 해도 신뢰가 쌓이지 않은 탓이다.

『피는 흐르지 않으나 내 손주외다.』

해태의 눈은 다부졌다.

『내 모든 걸 물려줄 참이오.』

해태의 말에 비희의 눈이 살짝 커졌다.

비희는 박현을 쳐다보았다. 그리고 다시 해태를 쳐다보았다. 둘 사이에 끈끈한 연을 느꼈다.

"일단은 아무것도 하지 않을 거요."

비희는 닫았던 입을 다시 열었다.

"우선은 막내를 우리의 주군으로 만드는 것이 먼저요."

『그 말은…….』

"어서 빨리 아버지의 모습을 이어받아야지요."

용이 되는 것이 우선이라 말했다.

『그리고?』

"그리고라……."

비희는 무슨 의미냐고 눈빛으로 물었다.

『알아야 본인도 준비를 할 것이 아니오.』

"흠."

『내 짐작이 맞소?』

"무슨 짐작인지 내 어찌 아오?"

『봉황.』

해태는 비희의 눈을 지그시 바라보며 한 글자 찍어내듯 조용히 내뱉었다.

그 말에 비희의 눈빛이 가라앉았다.

『그리고 오룡.』

"흠."

비희는 신음을 삼켰다.

『어쩌면 뇌와 풍까지.』

해태는 말을 멈추지 않았다.

"많은 것을 알고 있구려."

비희의 눈빛이 날카롭게 변했다.

"우리도 짐작만 할 뿐, 사실 잘 모르오."

『…….』

"중요한 건 우리에게 아버지의 피 묻은 서신이 왔고, 그 후에 자취를 감췄다는 것이오."

둘의 대화에 박현의 눈매가 서서히 굳어졌다.

이야기가 심상치 않다.

이 땅의 봉황에 중국의 다섯 마리의 용, 그리고 일본의 절대자인 두 용까지.

아버지일지 모르는, 아니 아버지인 백룡이라 불리는, 아니 그저 용인 그가 죽었다고 말한다. 원수는 봉황을 넘어 어쩌면 동아시아를 지배하는 세 나라의 천외천일지 모른다.

"그래서?"

『그건 내가 묻고 싶소이다.』

"무엇을 말이오?"

『증거.』

"해태여."

비희는 피식 웃으며 해태를 불렀다.

『……。』

"그대도 인간과 참으로 오래 어울려 산 모양이오."

『……?』

"언제 신들이 증거를 찾아 복수를 하오?"

해태의 얼굴이 살짝 굳어졌다.

"놈들의 목줄을 잡아놓고 찾는 것이지."

비희는 비릿하게 웃음을 지었다.

"모두 족쳐보면 어느 하나는 나오지 않겠소? 아버지의 원수가 누구인지."

비희의 눈에서 시퍼런 살기가 흘러나왔다.

"모두일지 모르지, 안 그렇소, 형님?"

조용히 팔짱을 끼고 있던 이문이 히죽 웃음을 드러냈다. 그 웃음은 서글프면서도 시퍼런 살기가 진득진득하게 묻어 있었다.

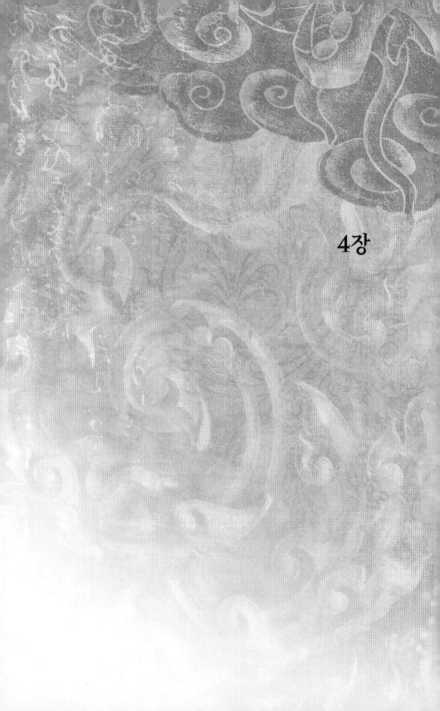

4장

인천공항 입국장.

"으하암!"

금발로 염색한 여인이 짙은 갈색 곱슬머리에 푸른 눈을 가진 사내의 팔짱을 끼고 입국장 게이트로 나왔다.

"허니—, 여기가 허니의 조국인가?"

푸른 눈의 사내, 데니안은 인천공항 특유의 냄새를 깊게 들이마시고는 금발의 여인을 가볍게 내려다보며 그녀를 가볍게 안았다.

"고향이라면 고향이고, 아니라면 아닌?"

"그게 무슨 소리야?"

데니안은 이해를 못 하겠다는 듯 고개를 갸웃거렸다. 그
러면서도 사랑스럽다는 눈빛으로 그녀의 뺨을 부드럽게 쓰
다듬었다.

"태어난 곳은 좀 더 북쪽이기는 한데……."

금발의 여인, 용생구자의 일곱째이자 유일한 여자인 애
자(睚眦)[1]가 말꼬리를 흐렸다.

"북쪽? 노쓰 코리아(North Korea)?"

애자는 그 물음에 애매한 미소를 살짝 지어 보였다.

용생구자가 태어난 곳은 중국이었으나, 사실 그들이나
그들의 아버지인 용에게 고향의 의미는 없었다. 굳이 고향
을 따진다면 아시아, 동아시아 전체이니까.

"달링―."

애자는 그의 품에 안겨 데니안을 올려다보았다.

"왜, 엘리?"

"자기. 이제 우리 형제들 만나잖아."

"그래, 자기 빅브라더가 불러서 우리가 이렇게 왔잖아."

데니안은 애자의 금발로 염색된 머리를 쓰다듬었다.

"놀라면 안 돼."

뭔 말을 하는가 했더니 형제를 보고 놀라지 말라라니.

데니안은 순간 피식 웃을 뻔했다.

"나, 할렘가에서 고아로 자란 것만으로도 모자라 정글에

서 큰 놈이야."

데니안은 가슴을 가볍게 툭툭 쳤다.

"맞아. 내가 그런 달링의 큰 배포에 반했잖아."

애자는 데니안의 가슴을 쓸었다.

"어쨌든 놀라면 안 돼?"

애자는 목소리에 애교를 섞었다.

"흡!"

데니안은 그런 애자의 입술을 덮쳤다. 과감한 키스는 오가는 이들의 눈을 사로잡을 만큼 강렬했다. 달콤한 키스를 나누던 둘의 눈빛이 한순간 동시에 변했다.

서늘한 기운이 그 둘을 덮쳤기 때문이었다.

"크르르."

데니안의 푸른 눈동자에 붉은 기운이 감돌았다. 보는 눈이 많았기에 그저 낮게 울음을 삼키며 따끔한 기운을 쏘아보내는 곳을 쳐다보았다.

"오빠!"

그 순간 애자가 반가운 목소리를 터트리며 데니안의 품을 떠나 한 사내에게로 뛰어가 안겼다.

검은 선글라스에 짙은 회색빛 슈트, 그리고 새하얀 와이셔츠.

올백 머리.

마치 야쿠자처럼 보이는 사내는 용생구자 넷째인 폐안(狴犴)[2]이었다.

폐안은 부둥켜오는 애자의 머리를 주먹으로 쥐어박았다.

"아버지 찾아간다더니 연애질이나 하고, 잘하는 짓이다."

목소리는 투박했지만 따뜻한 감정이 묻어나오는 것은 어쩔 수 없었다.

"험."

둘에게 데니안이 다가와 헛기침으로 분위기를 돌렸다.

"인사해. 여기는 넷째 오빠 폐안. 여기는……."

"데니안 우드입니다."

데니안이 폐안에게 손을 내밀었다.

폐안은 데니안의 손을 잠시 쳐다보다가 그의 손을 잡았다.

"폐안이다."

둘의 손이 두어 번 흔들릴 때였다.

폐안의 눈매가 슬쩍 가늘어졌고, 동시에 데니안의 미소가 진해졌다.

데니안이 악수하는 손아귀에 힘을 바싹 준 것이었다.

폐안은 그 힘에 피식 웃으며 입꼬리를 말아 올렸다.

"……, ……끄으!"

잠시 후, 데니안의 얼굴이 잠시 굳어지는가 싶더니 이내 고통으로 물들어갔다. 하지만 데니안은 피하지 않고 얼굴이 붉게 물들 정도로 손에 다시 힘을 줬다.

그래 봤자 변하는 것은 없었지만.

"그만해, 오빠."

보다 못한 애자가 나섰다.

"그래도 사내다워서 나쁘지 않군."

폐안은 손자국이 선명한 손을 힘겹게 오물거리는 데니안의 어깨를 툭 치며 돌아섰다.

"진짜, 쫌!"

"네 남자친구, 우리가 누군지 모르냐?"

"……헤헤."

폐안의 말에 애자가 혀를 슬쩍 빼어 물며 배시시 웃었다.

"어쩌려고? 저만하면 이번에는 기겁하며 도망은 안 가겠네."

폐안은 고개를 돌려 데니안을 슬쩍 쳐다보았다. 여전히 날카로운 눈빛을 놓지 않은 데니안의 모습이 그럭저럭 마음에 든 모양이었다.

"그렇지?"

"그래도 모르지. 우리 형제가 모이면. 흐흐흐."

폐안은 슬쩍 웃음을 내보였다.

그 웃음이 묘하게 살벌했다.

"오빠도 아버지 찾는 게 아니라 야쿠자 짓하는 거 아니야?"

애자는 페안의 패션을 눈으로 훑었다. 일본에 있는 데다가 야쿠자 패션이니 의심이 들만도 했다.

"아무렴 너보다 나을까. 어서 가자. 형님들 기다리시겠다."

"잘도 기다리겠다. 보나 마나 오빠나 내가 가장 먼저일걸?"

"큰형님과 둘째 형님 말한 거다."

페안은 어깨를 으쓱하며 걸음을 먼저 뗐다.

"달링—"

애자는 그런 페안에게 혀를 쭉 내밀며 데니안에게 쪼르르 달려가 안겼다.

"……형님이 상당하시네."

데니안은 여전히 통증이 남아 있는 손을 오므렸다 폈다를 반복했다.

"그런 오빠들이 다섯 명 더 있어."

"동생도 있고?"

"어."

애자는 그의 팔짱을 꼈다.

"쫄려?"

"네버. 나 애팔래치아(Appalachian Mts)[3]의 알파(α)야."

데니안의 입가에 웃음이 진해졌다.

웃음은 호승심을 담고 있었다.

"가자. 너희 가족들 보러."

데니안이 그녀의 어깨를 감쌌다.

*　　　*　　　*

폐안과 애자, 그리고 데니안은 클로즈(CLOSE) 안내문이 걸린 스워드 바 문을 열고 안으로 들어갔다.

"형님, 저 왔습니다."

"오빠, 귀염둥이 애자도 왔어요."

폐안은 바 중앙 탁자에 앉아 있는 비희와 이문을 보며 허리를 숙였고, 애자는 방방 뛰며 손을 흔들었다.

"누구냐?"

이문은 낯선 서양 남자, 데니안을 보며 낯을 찡그렸다.

"우리 달링—"

"데니안 우드라고 합니다."

데니안은 인사 자체는 거칠었지만, 자리가 자리인 만큼

예를 갖춰 허리를 살짝 숙였다.

"이거, 이거. 평소라면 두 팔쯤 벌려 환영해 줄 수도 있지만."

이문은 고개를 돌려 비희의 눈치를 슬쩍 봤다.

"흠."

묵직한 비희의 침음.

순간 폐안과 애자는 그저 단순한 형제들의 만남이 아님을 깨달았다.

"무슨 일 있습니까?"

폐안이 다가와 빈 의자 하나를 차지하고 앉았다.

반면 애자는 이러지도 못하고 저러지도 못하는 눈치였다.

"됐다. 와서 앉아라."

비희가 허락하자 애자는 얼른 데니안을 데려와 함께 자리를 잡고 앉았다.

"통역 아이템, 잠시만 빼."

그 말에 데니안의 눈썹이 꿈틀거렸다.

"성깔 있는 놈이네."

이문이 피식 웃음을 터트렸다.

그 웃음이 데니안의 감정을 건드린 모양이었다.

쾅!

데니안은 탁자를 묵직하게 내려치며 거친 투기를 드러냈다.

"초면에 너무한 거 아닙니까?"

"보아하니 서양 계열의 반신인 거 같은데……. 맹랑한 거야, 아니면 우리가 누군지 모르는 거야?"

이문은 황당해하며 애자를 쳐다보았다.

"……그게."

애자는 애매하면서도 어색한 웃음을 지어 보였다.

"크르르르, 사람 우습게 보는군."

데니안은 자리에서 벌떡 일어나며 낮은 울음을 토해냈다.

"자기야, 좀 참으면 안 돼?"

"달링, 자기를 사랑하지만 나 자존심 하나로 버텨온 알파야."

"그건 아는데……, 우리 오빠들이……."

"사내다운 건 마음에 드네."

이문이 입꼬리를 슬쩍 말아 올렸다.

"크르르르르! 나도 참는 데 한계가 있어."

"참지 마. 응? 제발 참지 말자."

일부러 시비를 거는 듯 이문은 이죽거렸다.

"오빠!"

매번 남친만 데려오면 저러니 저게 뭘 말하는 건지 모를 리 없는 애자는 이문을 향해 소리를 버럭 질렀다.

"미안해, 달링. 아무리 달링의 형제들이라고 해도 나도 자존심이라는 게 있어. 하지만 달링을 미워하지는 않을 거야."

데니안은 눈빛을 누그러트리며 애자의 뺨을 부드럽게 쓰다듬었다.

"나 알파 중에 알파. 애팔래치아의 알파(α)야. 오히려 달링이 날 미워하지 마. 알았지?"

데니안은 애자의 입에 입술을 맞췄다.

'사내들이란, 하아—.'

애자는 속으로 한숨을 내쉬었다.

팍!

데니안은 탁자를 손으로 짚으며 이문을 향해 몸을 날렸다.

마치 프로레슬링의 드롭킥을 연상케 하는 몸놀림으로 이문의 머리를 향해 발을 차올렸다.

드르륵—

"훗—."

이문은 탁자를 발로 차 여유롭게 의자와 함께 뒤로 물러났다.

"어디 어여쁜 동생 남친의 힘 좀 볼까? 응?"

이문은 짓궂은 표정을 지으며 자리에서 일어났다.

"후회할 거야."

"그래, 후회하지. 자네가."

"퍽(Fuck)!"

인내의 한계가 터졌는지 데니안은 욕을 내뱉으며 이문을 향해 달려나갔다.

"크르르르!"

낮은 울음과 함께 데니안의 눈동자에 붉은 기운이 감돌았다.

파바박―

그의 걸음은 두 발에서 네 발로 바뀌었다.

짙은 갈색의 털이 그의 몸을 뒤덮으며 곧이어 날카로운 이빨이 드러났다.

"크르르, 아우우우우!"

거대한 늑대로 변한 그는 하울링을 터트리며 이문을 덮쳤다.

"라이칸스로프(Lycanthrope)[4]로군."

흥미롭게 데니안의 변신을 본 폐안이 중얼거렸다.

"그런 거치고는 덩치가 큰데. 아―, 알파라고 했나?"

"알파가 뭔데?"

"무리의 우두머리를 알파라고 한다고 하더라구요. 수하들은 베타."

이문의 질문에 폐안이 간략하게 설명해줬다.

"정말 이문 오빠 매번, 정말."

애자의 목소리는 꽤나 토라져 있었다.

그러거나 말거나.

"알파라고 쳐도 덩치나 힘이, 생각보다 강한데."

폐안은 고개를 돌려 애자를 쳐다보았다.

"흥."

애자는 폐안과 비희의 눈빛에 콧방귀를 뀌며 고개를 팩 돌려버렸다.

"이번에도 남친 도망치게 만들면 알아서 해."

애자는 시퍼런 눈으로 둘을 쳐다보았다.

"나는 아니다. 이문 형님이지."

"그러게 왜 둘째는 매번 저러냐."

폐안과 비희는 애자의 뒤끝이 무서웠는지 슬쩍 눈길을 피하며 딴청을 피웠다.

"그래도 이번에는 제법 쓸 만하다."

폐안은 마음에 드는지 고개를 살짝 끄덕이며 흡족한 미소를 지었다.

"하도 오빠들의 등쌀에……."

"커험."

"큼!"

"나도 하도 당해서 이번에는 굵직한 사내로 잡았어. 미
국 동부 애팔래치아 산맥의 세 알파 중에 하나야. 그중에
서도 가장 힘이 좋은 그레이트스모키 산맥(Great Smoky
Mts)의 주인이야."

애자는 사랑에 빠진 눈으로 이문과 싸우고 있는 데니안
을 쳐다보았다. 하지만 사랑스러운 눈빛도 오래가지 못했
다.

"이, 씨—. 오빠!"

애자는 자리에서 벌떡 일어나 이문을 향해 소리를 빽 질
렀다.

*   *   *

"크르르르, 아우우우!"

데니안은 한순간 소보다도 큰 늑대로 변하며 이문의 어
깨를 물어갔다.

"흐흐."

이문은 날카로운 이빨을 드러낸 채 물어오는 데니안의

얼굴을 손바닥으로 옆으로 슬쩍 밀어냈다.

"캉!"

무쇠 덫을 연상케 하는 데니안의 턱이 공기를 찢어발기며 꽉 다물어졌다.

"웃차!"

이문은 왼손으로 턱 아래 털을 잡으며 어깨를 목으로 밀어넣었다. 그리고는 오른손으로 뒷덜미를 움켜잡으며 그대로 몸을 회전시켜 거대한 늑대, 데니안을 그대로 엎어쳤다.

콰앙!

스워드 바 내부가 부르르 떨릴 정도로 묵직한 진동이 일었다.

"크르르르!"

데니안은 조금의 충격도 없다는 듯 용수철처럼 몸을 튕겨 다시 이문을 향해 이를 드러냈다.

이문은 그런 데니안을 향해 다시 들어와 보라는 뜻으로 손가락을 까딱였다.

"컹!"

데니안은 벽을 타 이문의 시야를 어지럽게 만들더니 천장을 디딤돌 삼아 이문의 머리 위를 덮쳤다.

하지만 이문은 고개를 들지도 않고 머리 위로 손뼉을 치듯 두 손을 휘둘렀다.

관자놀이를 노리고 날아오는 이문의 양손에 데니안은 재빨리 허리에 힘을 줘 머리를 위로 들어올렸다.

파앙—

묵직한 파음이 이문의 양 손바닥 사이에서 터졌다.

그 힘이 얼마나 상당하던지 충격이 만들어 낸 여파가 바람이 되어 데니안의 머리를 훑고 지나갈 정도였다.

"크르르!"

그 순간 천천히 고개를 들어 자신과 눈을 마주치며 씨익 입꼬리를 말아 올리는 이문의 얼굴이 눈에 들어왔다.

"……!"

지금 자신은 여전히 허공에 떠 있다.

그리고 아래로 십여 센티도 내려가지 않았다.

초보다도 짧은 찰나의 시간.

그런데 마치 영상을 느리게 재생시키듯 눈에 들어온 이문의 웃음. 물리적으로 말도 안 되는 상황이었다.

《이것밖에 안 돼? 실망인데.》

이문의 따분한 목소리가 전음에 실려 그의 귀를 파고들었다.

"크르!"

데니안의 눈두덩이가 씰룩거렸다.

자존심에 상처를 입었다.

'나 그레이트스모키의 주인이야!'

입술이 씰룩거리며 뾰족한 이빨을 드러냈다.

그그극!

그이 푸른 눈동자가 붉게 변하자 늑대의 골격이 꿈틀거리며 다시 한번 더 변하기 시작했다.

뒷다리는 사람의 것처럼 길어졌고, 앞발은 사람의 손처럼 변했다. 손과 발에는 갈고리처럼 손톱이 날카롭게 자라났다.

반인반수(半人半獸) 혹은 반인반신(半人半神).

"커허어엉!"

진정한 늑대인간이라고 할 수 있는 라이칸스로프의 모습을 드러냈다.

쾅!

데니안은 이문의 가슴을 뒷발로 찍으며 그의 얼굴을 향해 날카로운 손톱을 마구 휘둘렀다.

후아아아악!

그의 공격은 폭풍을 떠올리게 할 정도였다.

"……!"

데니안의 눈가가 파르르 떨렸다.

손에 걸리는 느낌이 없었기 때문이었다.

그리고 이문의 몸이 잔상을 남기며 사라졌다.

분명 눈앞에 있었는데, 그의 가슴을 분명 찍었는데.

데니안의 눈이 부릅떠졌다.

이문의 잔상이 사라지자마자 뒷덜미에서 우악스러운 힘이 느껴졌다.

쾅!

시야가 갑자기 뒤집히더니 등과 머리에서 상당한 충격이 튀어 올라왔다.

"꺼억!"

충격을 느끼며 부릅떠진 눈에 천장이 보였다. 그리고 천장과 이문의 얼굴이 겹쳐졌다. 이어 큼지막한 발바닥이 다시 겹쳐졌다.

아무리 잠시 사고가 멈췄다고 해도 저 발바닥이 의미하는 것을 모를 리 없었다.

데니안은 재빨리 고개를 틀었다.

콰앙!

이문의 발이 아슬아슬하게 그의 뺨을 스치며 바닥에 내려 찍혔다. 뒤이어 바닥의 울림이 머리를 타고 올라왔다. 한순간 등줄기에 식은땀이 주르르 흐르는 느낌이었다.

이 정도면 막가자는 의미다.

"퍽!"

데니안의 눈에 독기와 살기가 뒤섞였다.

그는 다리를 튕겨 몸을 일으키는 동시에 이문의 가슴을 향해 발톱을 휘둘렀다.

쑤악—

이번에도 손에 걸리는 건 없었다.

"크르르!"

데니안의 눈이 빠르게 주변을 훑었다.

그의 눈에 걸리는 건 아무것도 없었다.

그 말인즉슨.

데니안은 뒤에서 느껴지는 섬뜩한 기운에 재빨리 몸을 뒤로 틀며 바닥으로 바싹 엎드렸다.

후아악—

아슬아슬하게 머리 위로 이문의 주먹이 지나갔다.

"크허어엉!"

주먹이 머리를 스쳐 지나가는 순간, 데니안은 그대로 이문의 품으로 뛰어들었다.

턱!

그의 몸이 선명하게 느껴졌다.

하지만 더 이상 생각하지 않았다.

오로지 본능, 본능 하나에 의지하며 정면이 아닌 곳으로 발톱을 휘둘렀다.

서걱!

발톱이 살을 가르며 피가 튀었다.

쑤아아아악!

데니안은 피가 튄 곳으로 다시금 발톱을 휘둘렀다. 하지만 이어진 후속 공격은 빈 허공만 할퀼 뿐이었다.

그 순간 데니안은 본능이 이끄는 대로 옆으로 몸을 날리며 다시 빈 허공에 다시 발톱을 휘둘렀다.

서걱!

다시 미세한 피가 튀었다.

"크르, ……!"

그 순간, 느껴지는 거대한 기운에 데니안은 눈을 부릅뜨며 양팔로 몸을 보호하며 몸을 틀었다.

콰아앙—

엄청난 힘이 그의 몸을 후려쳤다.

"커헉!"

데니안은 피를 토하며 뒤로 날아가 벽에 부딪히며 바닥으로 떨어졌다. 한쪽 무릎이 살짝 꺾이며 휘청이기는 했지만, 맥없이 바닥으로 쓰러지지 않았다.

"크르, 아우우우!"

오히려 하울링을 통해 더욱 투기를 드러냈다.

하지만 그것도 잠시.

후우우우우웅!

엄청난 기운이 압사시킬 것처럼 데니안의 몸을 짓눌렀다.

"이 새끼가 진짜……."

데니안의 눈에 인상이 험악하게 바뀐 이문이 보였다.

쏴아아아아—

이문 주위로 거대해지는 신기가 휘몰아치기 시작했다.

"끄으으으—."

사방을 휘몰아치는 신기만으로도 데니안은 마치 물에 빠진 것처럼 숨을 제대로 쉴 수 없었다.

『장난을 진심으로 받아들이네. 진심이면 진심으로 대해 주마, 이 쌍노무…….』

이문의 몸이 어떤 형상으로 겹쳐졌다.

바다를 닮은 푸른 빛깔, 그 어떤 것보다 단단해 보이는 비늘.

뇌리에 꽂히는 목소리, 용언(龍言).

'드, 드, 드래곤?'

데니안의 눈이 화등잔처럼 떠졌고, 눈동자는 파르르 요동쳤다.

폭풍처럼 거친 기운이 데니안의 몸을 집어삼키려 할 때였다.

"이, 씨—. 오빠!"

날이 뾰족하게 선 애자의 일갈이 터져 나왔다.

"좋아, 이렇게 나온다 이거지? 어? 나도 막 나가볼까? 앙?"

애자는 자리에서 벌떡 일어나 이문을 향해 소리를 빽 질렀다.

『헙!』

스워드 바를 가득 채운 무거운 기운이 거짓말처럼 지워졌다. 그리고 데니안의 눈을 가득 채웠던 드래곤의 그림자도 마치 신기루였던 것처럼 사라졌다.

퍽! 퍽! 퍽!

이문 앞으로 달려간 애자는 다리를 들어 그의 허벅지를 그대로 후려쳤다.

"나가 죽어! 엉? 그냥 나가 죽어! 그렇게 할 게 없어서, 엉? 매번 여동생 남친 쫓아내는 거냐?"

이문은 껄렁껄렁하고 거친 느낌은 온데간데없고 말없이 묵묵히, 샌드백처럼 애자의 발을 그대로 받아주고 있었다.

"아주 그냥 애를 잡더라, 잡아. 그냥 회를 떠서 드시지 그러셨어요?"

"……."

애자가 이문에게로 얼굴을 바투 가져가자 이문은 슬쩍 고개를 돌려 피했다.

"진짜! 쫌! 나 늙은 노처녀로 늙어 죽어 처녀귀신 되면 책임질 거야? 앙?"

"네 신력이 있는데 처녀귀신은 안 되지 않을……."

이문이 떨리는 입술로 어색한 웃음을 지어 보였지만.

"그냥 눈 깔자, 오빠."

"어."

애자의 부리부리한 눈에 다시 고개를 돌렸다.

언제 눈에 쌍심지를 켰냐는 듯 애자는 눈에 반달을 그리며 데니안 쪽으로 고개를 돌렸다.

"달링."

애자는 눈물을 슬쩍 흘리며 데니안에게로 달려가 그를 가슴에 푹 안았다.

"괜찮아? 어디 다친 데는 없고?"

이어 손으로 얼굴을 감싸며 걱정 어린 눈으로 그를 내려다보았다.

"끄응."

데니안은 잠시 멍한 눈으로 애자를 올려보다 앓는 소리를 삼키며 자리에서 일어났다.

이문의 기운의 여파가 남아 있는지 팔과 두 다리가 잘게 떨리고 있었다.

"퍽!"

데니안은 입술을 질끈 깨물며 주먹으로 다리를 팍팍 쳤다. 단단한 마음 때문인지 아니면 그 행동 때문인지 경련은 많이 줄었다.

"……괜찮아?"

애자는 그의 몸을 걱정하는 마음 반, 혹시나 다른 사내들처럼 자신을 떠날까 걱정하는 마음 반을 담아 그를 올려다보았다.

데니안은 묵묵히 고개를 끄덕이며 애자를 쳐다보았다.

"드래곤이었어?"

애자는 힘없는 눈으로 고개를 저었다.

"드래곤은 아니야. 아버지가 용이야."

"용? 아, 드래곤. 그럼 ……그거 뭐야, 드래고니안인가 그건가?"

데니안의 물음에 애자가 고개를 저었다.

드래고니안은 드래곤과 인간 사이에 태어나 그 피가 절반씩 흐르는 혼종이다.

"동양의 드래곤, 용은 네가 생각하는 거와 달라. 그리고 우리는 아버지에게서 태어났지만, 단지 용이 되지 않았을 뿐이야."

그녀의 물음에 데니안은 언뜻 이해가 되지 못한 듯 고개를 갸웃거렸다.

"……그냥 쉽게, 드래곤이 자식을 낳았는데 그 자식이 드래곤이 아니라 피닉스가 되었다고 생각해."

"말이 안 되는 말이지만 이해는 되는군."

데니안은 고개를 끄덕이며 이해하려 노력하는 얼굴이었다.

"그럼 너도 갓(God)인가?"

데니안의 물음에 애자는 그의 눈치를 살폈다.

"우리는 천외천이라 불러."

"스카이 어보브 스카이(Sky above sky), 하늘 위에 하늘이라."

통역을 통해 직역을 하며 데니안은 고개를 끄덕였다.

"그렇군."

"……."

애자는 연신 데니안의 눈치를 살폈고, 생각에서 깨어난 데니안은 잔뜩 주눅 든 애자를 보자 담담하게 있다가 사랑스럽다는 미소를 지어 보였다.

"자기답지 않게 왜 그래?"

"……괜찮아?"

애자가 계속 눈치를 살피자 데니안은 그녀의 얼굴을 퍽 소리가 나게 양손으로 얼굴을 붙잡았다.

"내가 누구?"

"애팔래치아의 알파?"

"그래, 나 광활한 애팔래치아의 알파야."

"달링―."

애자의 눈에 하트가 만들어졌다.

"네가 누구든 변한 건 없어. 넌 내 여자야."

"다……, 읍!"

데니안은 애자의 얼굴을 잡아당겨 그녀의 입술을 덮쳤다.

격정적인 키스에 애자는 잠시 발버둥을 치는가 싶더니 그에게로 폴짝 뛰어 두 다리로 허리를 감쌌다. 그리고는 그의 머리를 안았고, 둘의 키스는 좀 더 농밀하게 바뀌었다.

"이! 이! 이!"

그 모습에 이문의 눈에 불이 들어왔다.

"보기 좋구만. 너는 꼭 애자가 남친만 데려오면 그러더라."

비희가 당장이라도 튀어나가려는 이문의 어깨를 꾹 잡으며 말렸다.

"형님!"

"그만해. 애자가 이제 애도 아니고."

"나이만 처먹었지 아직 애 아닙니까!"

이문은 몸을 부들부들 떨며 데니안을 노려보았다.

"타고난 피야 어쩔 수 없다지만 저만하면 강골에 괜찮
네."

비희는 이문의 어깨를 가볍게 두들기며 말을 마쳤다.

"애자 화나면 무섭다."

비희의 말에 이문의 몸이 순간 움찔거렸지만 데니안을
노려보는 눈빛은 변하지 않았다.

*용어

1) 애자(睚眦): 용생구자의 일곱째. 형상은 늑대를 닮았으며, 천성이 죽이기를 좋아해 칼 코 등이나 자루, 창날에 많이 새긴다. 관우의 청룡언월도에 새겨진 용도 바로 애자이다. 본 소설에서는 여성체로 설정하였다.

2) 폐안(狴犴): 호랑이 형상의 폐안은 위엄이 넘치며, 정의를 수호하는 것을 좋아해 감옥 문에 새겨진다.

3) 애팔래치아(Appalachian Mts): 애팔래치아산맥. 북아메리카의 동부를 북동에서 남서로 뻗어있는 산맥.

4) 라이칸스로프(Lycanthrope): 늑대인간.

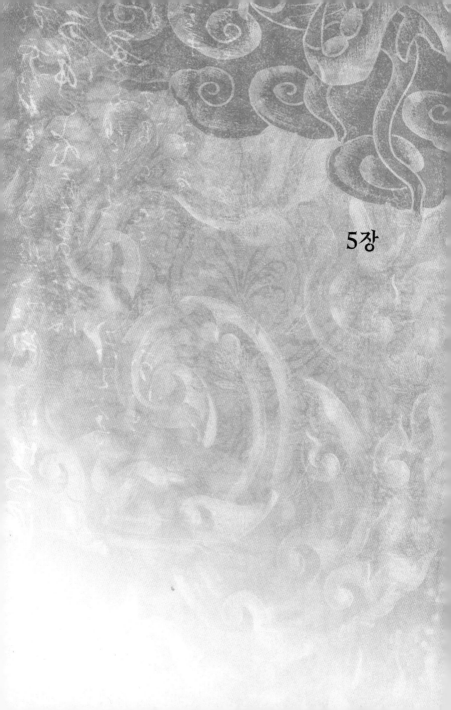

5장

한바탕 소란이 끝나고.

"아버지의 핏줄이 나타났다."

비희는 폐안과 애자를 보며 담담히 말했다. 동시에 폐안과 애자의 눈이 화등잔처럼 끄게 떠졌다.

"그 아이……."

감정에 북받쳐 말을 내뱉지 못하는 애자를 대신해 폐안은 감정을 제법 잘 추스르며 입을 열었다.

"우리와 달리 적자다. 아버지의 피를 제대로 이어받았어."

이문.

"아, 아버지, 아버지는요?"

누구보다 아버지에 대한 그리움이 큰 애자가 떨리는 목소리로 물었다.

"그 아이도 모르는 눈치다. 아마 돌아가신 거 같다."

"아―."

애자는 반쯤 일으킨 몸을 힘없이 의자에 털썩 묻었다. 애써 울음을 참는 듯 어깨가 가늘게 떨렸다. 데니안이 그녀의 어깨를 감싸 안았다.

"이때껏 뭐했답니까?"

아버지의 적자면 족히 수백 년을 살았을 터.

폐안은 그 점이 마음에 들지 않았던지 불편한 심정을 살짝 내비쳤다.

"그리 생각할 것 없다. 태어난 지 고작 이십 년이 조금 넘었으니까."

"네?"

폐안의 눈이 부릅떠졌다.

"큰형님, 그게 무슨 말씀입니까?"

"인간으로 이십 년을 넘게 살았고, 신으로 눈을 뜬 지 이제 1년이 채 되지 않았어."

"……어떻게 그럴 수가 있죠?"

폐안은 믿지 못하겠다는 듯 이문을 쳐다보았다.

"자세한 내막은 여전히 알 수 없지만 아버지의 안배라 여겨진다."

"……."

폐안은 팔짱을 끼며 눈을 가늘게 만들었다.

"한반도에 존재하는 두 개의 무가를 기억하느냐?"

"신을 모시는 무당 가문을 말씀하시는 겁니까?"

"그래."

"북천과 남천. 제 기억에 북천은……."

"그래, 조선이 건국되면서 멸문했지."

"시기적으로 차이가 조금 있지만 아버지가 보내온 피 묻은 서신. 얼추 맞는다."

"……!"

폐안의 눈이 다시 떠졌다.

"멸망한 북천무가가 역천을 했다."

"……확실합니까?"

폐안의 목소리가 커졌다.

"확실해. 해태가 자신의 손으로 역천의 아이들을 보살폈다고 했어."

"해태요?"

뜬금없는 이름이 나오자 폐안은 다시 미간을 찡그렸다.

"만나면 고맙다고 인사해. 우리를 대신해 그 아이를 지

켜줬으니까……."

이문은 해태와 박현 사이를 자세히 풀어 이야기해 주었다.

"아버지의 피를 온전히 잇지 못했군요."

폐안은 아쉬움을 언뜻 드러냈다.

"잇지 못한 게 아니라 아직 이어지지 않은 거다."

이문이 폐안의 말을 정정했다.

"봉황이라……."

"왜, 골치 아프냐?"

이문의 질문에 비희가 피식 웃음을 터트렸다.

"설마요. 당장이라도 봉황 멱살 잡아 여기로 끌고 올까요?"

"올 수는 있고?"

"못할 것도 없지요."

폐안은 코웃음을 치며 등받이에서 몸을 뗐다.

"지금 데려올까요?"

"아서라. 지금은 그럴 때가 아니야."

비희가 폐안을 말렸다.

"가장 중요한 건 막내이자 주군인 그 아이를 하루빨리 아버지의 뒤를 잇게 만드는 것이야."

"그리고요?"

폐안이 물었다.

"우리의 것을 물려줘야지."

"그런 생각을 하기엔 너무 이른 거 아닙니까?"

"넷째야."

"예, 큰형님."

"그 아이는 아버지가 남기신 유일한 적자이다. 우리의 것이 곧 그 아이의 것이야."

팡!

이문이 폐안의 등을 한 대 쳤다.

"아깝냐?"

"아까울 리 있습니까, 형님. 다만……."

"물려받을 힘이 있냐가 문제죠."

폐안의 말에 이문이 씨익 웃었다.

"받을 수 있을 거야. 생각보다 제법이거든."

"어찌 잘 아시는 거 같습니다."

폐안이 이문을 쳐다보았다.

"몇 번 본 적이 있어. 물론 그땐 그 아이가 막내인지 몰랐지만."

"한번 보고 싶군요."

폐안이 고개를 끄덕이며 대답했다.

"근데 막내는 어디 있는 거야?"

데니안의 품에서 한바탕 눈물을 쏟은 애자는 충분히 마음을 다스렸는지 눈을 또롱또롱하게 뜨며 주위를 두리번거렸다.

"찾을 거 없다. 여기에 없어."

"잉?"

애자는 눈을 동그랗게 떴다가 눈썹이 역팔자로 휘어졌다.

"누나가 왔는데……, 어디 건방지게 얼굴을 안 비춰? 이게 죽을라고!"

애자가 자리에서 벌떡 일어났다.

"애자야."

비희가 애자를 불렀다.

"막내 이전에 우리의 주군이 될 아이다."

"아직은 아니잖아."

"어쨌든 시간을 줘라."

"시간을 주기는 뭘를 줘?"

"어차피 형제들이 모인 다음에 움직여도 늦지 않아. 그러니까 다시 앉아!"

비희가 딱 부러지는 목소리로 명령하자 애자는 입술을 삐죽 내밀며 자리에 앉았다.

*　　　*　　　*

　박현은 전과 달리 감정 없는 눈으로 쌍두마차, 양두희와 강두철을 쳐다보고 있었다.

　"왜 그렇게 서 있지? 목 아프니까 앉아."

　"주, 죽을죄를……."

　양두희와 강두철이 무릎을 꿇으며 바닥에 엎드렸다.

　"그럼 죽을래?"

　박현은 조소를 머금으며 물었다.

　"……."

　"……."

　"죽기는 싫은 모양이군."

　발 앞에 바싹 엎드린 둘을 내려다보는 박현의 눈빛은 한없이 차가웠다.

　"죄송합니다."

　"마지막 기회를 주십시오."

　양두희와 강두철은 바싹 몸을 숙이며 용서를 구했다.

　"마지막 기회라."

　박현은 무릎에 양팔을 올리며 그들을 향해 몸을 숙였다.

　"주지. 그 마지막 기회."

　"……무엇인지요?"

양두희의 목소리는 가늘게 떨리고 있었다.

"주인을 바꿔라."

"그 말씀은……."

강두철은 고개를 들어 박현을 쳐다보았다.

"너희들의 머릿속에서 북천의 이름을 지워. 너희들은 북천이 아니었지. 김말자? 연지? 어느 이름이든 그 이름을 확실히 지워."

"……!"

양두희의 눈동자가 흔들렸다.

"연지 누님은 어찌 되는 건지요?"

"그 이름이 그대 입에서 나오니까 반갑네."

박현의 입가에 싸늘한 미소가 지어졌다.

"글쎄……, 할머니를 찾게 되면 알게 되겠지. 죽을 운명인지, 살 운명인지."

양두희는 당장 그녀가 죽지 않을 거란 말에 안도감을 언뜻 내비쳤다.

"알겠습니다. 지우겠습니다."

"조금은 의외군."

박현의 말에 양두희는 입술을 잠시 깨물더니 입을 열었다.

"연지 누님께서 제게 말씀해주신 건 단 하나입니다. 자신이 베푼 은혜는 오로지 박현 님을 위해 살아라, 입니다."

"일단 믿어보지."

"용서해주셔서 감사합니다."

박현은 그런 둘을 내려다보며 품에서 자그만 약상자 두 개를 꺼냈다.

"먹어."

약상자에는 새끼손톱만 한 자그만 환약이 담겨 있었다.

"고독(蠱毒)이야."

"……?"

"혹시 독입니까?"

양두희와 강두철의 표정을 보니 잘 모르는 눈치였다.

하긴 비희가 이걸 내줬을 때 자신도 이런 게 있나 싶어 한참을 신기하게 쳐다봤으니까.

"독이라면 독이고, 아니라면 아니고."

독이라는 말에 양두희와 강두철은 약상자를 든 손을 잘게 떨며 잠시 눈을 감는 모습이었다.

"먹자."

"예, 형님."

잠시 후 양두희와 강두철은 자그만 환을 들어 입으로 가져갔다.

"……."

"읍."

약을 넣자 둘의 표정이 살짝 찡그려지더니 동공이 살짝 커졌다.

왜냐하면, 약은 금세 녹았고, 불쾌한 무언가가 목을 타고 넘어갔기 때문이었다.

"윽!"

"큭!"

잠시 후 심장에서 열기가 만들어지자 둘은 미약한 신음을 흘렸다.

"잘 안착한 모양이군."

박현은 심장에서 느껴지는 요동에 흡족한 미소를 지었다.

"이제 이게 뭔지 설명을 해주실 수 있는지요."

강두철.

확실히 양두희보다 강두철이 강단이 더 있었다.

"맹독성 벌레야."

"……!"

강두철의 눈이 화등잔처럼 부릅떠졌다.

"그 벌레가 심장에 안착한 것이고."

강두철은 주먹을 억세게 말아쥐며 애써 감정을 다스리는 모습이었다.

"고독에는 두 가지의 효능이 있지."

박현은 강두철과 양두희를 향해 손가락 두 개를 활짝 펼쳐보였다.

"하나는 내가 그대들을 언제라도 죽일 수 있게 되었다는 것이고."

박현은 손가락 하나를 접었다.

"그대들이 나에 대해 배신을 떠올린다면 나는 그 사실을 알게 되고."

박현은 마지막 손가락마저 접어 없앴다.

"펑!"

박현은 손가락을 활짝 펼치며 입술도 함께 터트렸다.

"그대들의 심장이 터지는 거지."

박현은 참담함에 눈을 감는 양두희와 두 눈을 부릅뜬 강두철을 바라보며 입꼬리를 슬쩍 말아 올렸다.

"그리 걱정하지 마. 김말자를 머리에서 지우면 배신은 없을 테고, 그렇다면 무난하게 천수를 누릴 터이니. 안 그런가?"

똑똑.

그때 문기척이 들려왔다.

"손님들 오셨습니다."

룸싸롱의 여주인, 양 마담이었다.

"들라고 해. 일어나. 그리고 명심해, 이제 두 번은 없어."

박현은 목소리를 높여 말한 후, 목소리를 낮춰 둘에게 경고했다.

양두희와 강두철이 자리에서 일어나자 닫혀 있던 문이 열리고 한성그룹 회장 한재규와 전무 한석민, 그리고 화랑문 문주 김월이 안으로 들어왔다.

한재규는 룸 내부를 슬쩍 둘러보았고, 한석민과 김월은 와본 적이 있어 한재규에 비해 좀 더 편한 모습이었다.

"이런 곳이 있었군."

한재규는 조금 긴장한 채 박현 맞은편에 앉았다.

그 옆으로 한석민과 김월이 자리를 채웠다.

"부르셨습니까?"

한재규는 고개를 살짝 숙이며 박현에게 인사를 올렸다. 그에 맞춰 한석민과 김월도 살짝 고개를 숙였다.

"인사들 해. 일청파를 이끌어가는 쌍두마차."

어정쩡하게 서 있던 양두희와 강두철이 어정쩡하게 허리를 숙였다.

"양두희라고 하오."

"강두철입니다."

둘의 인사에 한재규는 박현을 힐끗 일견하며 둘의 인사를 받았다.

"한재규라고 하오."

"한석민입니다."

"김월이오."

다섯은 영문도 모르고 어색하게 인사를 나눴다.

"앉아."

박현은 양두희와 강두철에게 자리를 권하며 셋을 쳐다보았다.

"무슨 연유로 부르셨는지요?"

한재규의 행동은 확실히 달라져 있었다.

김월도 어느 정도 수긍하는 모습이었고, 한석민만이 불편함을 희미하게나마 내비쳤다.

"뭐든지 확실한 게 좋다는 걸 깨달았다고나 할까?"

박현은 품에서 쌍두마차에게 건넸던 고독이 담긴 약상자세 개를 꺼내 셋에게 내밀었다.

"이게 뭡니까?"

한재규는 약함을 열며 미간을 찌푸렸고, 김월은 이미 알고 있었던지 순간 낯을 찡그렸다.

"고독입니다, 장인어른."

"고독?"

김월은 고독에 대해 설명해 주었다.

"흠."

한재규는 물끄러미 고독이 담긴 환을 내려다보더니 단숨에 환을 입에 넣으며 꿀떡 삼켰다.

"맞습니다. 확실한 것만큼 좋은 것은 없지요."

그리고 박현을 쳐다보았다.

"이만하면 저의 의지를 보여드렸다 여겨집니다."

한재규는 확실히 생각을 굳힌 모양이다.

박현은 고개를 끄덕이며 한석민과 김월을 쳐다보았다. 그리고는 눈으로 그들의 앞에 놓인 고독을 가리켰다.

"이렇게까지 해야……합니까?"

한석민은 감정이 끓어 올랐는지 조금은 붉어진 눈으로 박현을 쳐다보았다.

"먹어라."

한재규.

"아, 아버지."

"어차피 우리는 박현 님의 뒤를 따라갈 수밖에 없다. 그러니 먹어라. 그게 앞으로 우리가 살아갈 길이다."

한석민은 약함이 부서져라 꽉 쥐었다.

"박현."

김월은 박현의 이름을 불렀다.

"……?"

당연히 박현의 미간이 슬쩍 찌푸려졌다.

"약속해라. 반드시 화랑문의 기둥을 천 년이 갈 것으로 다시 세우겠다고."

마지막 자존심이리라.

"약속하지."

박현이 약속하자 김월은 망설임 없이 고독을 삼켰다.

"혀, 형님."

그를 불러봤지만 대답은 없었다.

받아들일 수밖에 없는 상황에 한석민은 입술을 지그시 깨물며 떨리는 손으로 고독을 집어 들었다. 그리고 박현의 시선을 받으며 고독을 입에 넣었다.

"구하기 쉽지 않은 물건인데 용케 구했군요."

김월.

"생각보다 어렵지 않더군."

박현은 비희를 떠올리며 담담하게 대답했다.

* * *

"근데, 달링."

데니안이 애자를 불렀다.

"왜?"

애자는 꿀이 뚝뚝 떨어지는 눈으로 데니안을 쳐다보았다.

"괜찮겠어?"

데니안이 물었다.

"괜찮아."

애자는 데니안의 품에 안겼다.

"왜, 쫄려?"

애자는 눈을 깜빡이며 데니안을 올려다보았다.

"네버."

데니안은 고개를 저으며 애자를 품에 꼭 끌어안았다.

"나는 허니를 위해서라면 지옥의 불구덩이에도 뛰어들 수 있어."

이글거리는 데니안의 눈빛에 애자의 뺨이 발그레해졌다.

"아잉, 몰라."

애자는 데니안의 가슴을 주먹으로 가볍게 쳤다.

"가자."

"그래."

애자와 데니안의 신형은 그 자리에서 사라졌다.

* * *

햇살 좋은 마당에서 한가롭게 커피를 즐기던 박현은 미간을 찌푸렸다.

"뭐야, 너희들은?"

결계를 뚫고 갈색 곱슬의 서양남과 금발의 동양녀가 박현 앞에 모습을 드러냈다.

동양녀, 애자는 박현 앞에 양손을 활짝 펼치며 '짜잔!' 하고 소리쳤다.

"엥?"

애자의 환한 미소가 조금 흐려졌다.

"저거 안 보이나?"

애자가 뭐라 말할 사이도 없이 박현은 손가락으로 대문을 가리켰다.

"왜 저게 존재할까?"

전에 팔미호 미랑이도 그러더니, 어째 이면의 놈들은 죄다 대문을 무시하는지, 짜증이 스물스물 올라왔다.

가뜩이나 흑기 때문에 감정이 기복이 큰데, 겨우 따사한 햇살과 향긋한 커피로 감정을 다스려놨건만. 안면이 없는 이들이 이렇게 자신의 집에 침입한 걸 보면 봉황회의 강철이나 구미호가 보낸 이들이 분명했다.

"후우―."

박현은 크게 숨을 내쉬며 다시 마음을 가라앉혔다.

"가라. 내일 다시 찾아와."

박현은 손을 휘휘 저으며 몸을 돌렸다.

"……저기."

데니안이 뭔가 오해가 있는 거 같아 나섰다.

"후회하지 말고 좋은 말 할 때 가라."

박현은 고개를 돌리며 눈살을 찌푸렸다.

"이, 이, 야!"

애자의 얼굴은 벌겋게 달아올랐다.

"이 새끼가 보자 보자 하니까!"

애자는 욕설을 터트리며 박현을 향해 달려들었다.

"아이쿠. 큰일 났네."

데니안은 이마를 짚으며 고개를 저었다.

애자, 아니 엘리는 호걸 중에 호걸이었다.

귀여움 속에 숨겨진 난폭함은 매우 매혹적이었고, 사랑스러웠다.

특히 애팔래치아 절대자 알파들에게도 굽히지 않는 자존심은 신선한 매력이었고, 자신을 포함해 다른 두 알파도 그녀에게 반하지 않을 수 없었다.

결국 사랑의 승리자는 자신이었지만.

어쨌든, 그녀는 자존심만이 아니라 자신과 다른 두 알파에 비해서도 결코 뒤지지 않는 강자였다.

지금은 그게 자신을 생각해 제 힘을 모두 다 발휘하지 않은 것임을 알았지만, 상관없다.

아니 오히려 더욱 사랑스럽다고나 할까?

평생의 짝이 사랑스러우면서도 매혹적이고, 저리도 강
한…….

"응?"

쾅!

묵직한 충격파가 마당에서 터졌다.

"끄윽!"

신음은 당연히 그녀의 동생이 낸 것일 줄 알았는데.

"……엘리?"

박현의 손아래 짓눌려 바닥에 처박힌 애자의 모습에 데
니안의 눈이 화등잔처럼 크게 떠졌다.

"크, 큰일 났네."

데니안은 안쓰러운 눈으로 박현을 쳐다보았다.

그래도 첫 남매 상봉인데.

애자가 진짜 힘을 드러내면 장난이 아닌…….

쾅!

박현의 주먹에 비명을 지르며 뒤로 나자빠지는 애자의
모습에 데니안의 턱이 아래로 툭 떨어졌다.

'이, 이게 아닌데.'

박현은 서슴없이 달려오는 애자의 목을 움켜잡자마자 그

대로 바닥으로 찍어버렸다.

쾅!

묵직한 진동이 발을 타고 올라왔다.

기분 좋은 진동에 입가에 미소가 슬쩍 지어지다가 흠칫 사라졌다.

악기.

박현은 눈살을 찌푸리며 감정을 가라앉혔다.

"그냥 가라. 응?"

박현은 그녀의 목을 놔주며 몸을 일으켰다.

"너, 너!"

애자는 몸을 부르르 떨더니 환하게 웃음을 지어 보였다.

"정말 멋지구나!"

'뭐 이런 미친.' 이라는 말이 입 밖으로 튀어나오려는 것을 애써 참았다.

미랑인가 뭔가 하는 팔미호도 제정신이 아니었는데……, 눈앞에 있는 금발의 여자는 뭐, 한 수 더 뜨는 것 같았다.

"가서 고미호 장로에게……."

"내가 네 누나다!"

애자가 눈물을 글썽이며 박현에게 소리쳤다.

"아이, 미친!"

박현은 그냥 애자의 얼굴에 주먹을 틀어박아 버렸다.

쾅!

"까아악!"

비명과 함께 뒤로 날아가는 애자는 손을 들어 마치 자신을 잡으려는 듯 흐느적거리며 입을 뗐다.

"……내가 네 누나다."

콰앙!

애자는 겨우 보수해 놓은 벽을 부수며 거실로 튕겨져 들어갔다.

"아."

박현은 무너지는 벽을 보며 가벼운 신음을 흘렸다.

벽을 뚫고 소파를 부수며 바닥에 꽂힌 애자는 잠시 멍하니 눈을 껌뻑였다.

코가 간질거려 손등으로 코를 비볐다.

질척한 느낌에 손등을 눈으로 가져가니, 붉은 피가 손등에 묻어 있었다.

"코피?"

잠시 이 피가 어디서 나왔지 생각하느라 멀뚱멀뚱 손등을 쳐다보았다.

"푸하하하하하!"

그러더니 크게 웃음을 터트렸다.

"새끼. 아직 온전히 탈피도 못 했다고 들었는데…… 고거 귀엽네."

애자는 허리를 튕겨 가볍게 일어섰다.

"그래, 이 정도는 돼야 내 동생이지."

애자는 씨익 웃음을 지었다.

"막내가 대견하게 커서 이렇게 격하게 환대해 줬는데, 누나가 되어서 실망시키면 안 되겠지?"

애자의 눈이 음침하게 바뀌었다.

"흐흐, 뎄겼어."

팡!

애자는 다리를 바닥에 튕기며 다시 마당으로 튀어나갔다.

"하아—."

박현은 한숨을 내쉬었다.

"그게 아니라……."

데니안은 박현에게 다가가 사정을 이야기하려 했지만 소용없었다.

박현이 데니안을 불렀다.

"데리고 가."

"……?"

"오늘은 진짜, 쯧—, 다음에 와."

박현은 다시 허물어진 벽을 보며 나직하게 혀를 찼다.

"이봐, 브라더. 그게 아니라……."

데니안은 박현과의 대화에서 뭔가 둘이 서로 바라보는 관점이 꼬여 있는 것을 느끼고 그것을 정정해 주려 했다.

쾅!

무너진 벽 잔해가 우르르 떨리며 애자가 튀어나와 그의 입을 다시 막아버렸지만.

후아아악!

그녀의 주먹이 내뿜은 기세는 상상 이상이었다.

박현은 재빨리 양팔을 교차하며 건틀릿으로 팔과 손목을 보호했다.

콰앙!

생각보다 큰 충격에 박현의 다리는 버티지 못하고 지면에서 떠오르며 뒤로 날아갔다.

"내가 너 누나다!"

애자는 순식간에 공간을 좁히며 박현의 머리로 다시 주먹을 휘둘렀다.

"썅!"

박현은 꾹꾹 누르고 있던 흑기를 터트리며 애자의 주먹을 흘리고는 그녀의 배로 주먹을 휘둘렀다.

팡!

만만찮은 주먹이었을 텐데 애자는 여유롭게 그의 팔을 막으며 씨익 입꼬리를 말아올렸다.

"누나, 해 봐."

"누가 누나라는 거야? 이 또라이 년아!"

박현은 흑기를 터트리며 애자의 허벅지를 찼다.

퍼억—

애자의 무릎이 살짝 꺾이자 박현은 흑기를 돌려 그녀의 머리에 주먹을 연달아 휘둘렀다.

후아아악—

애자의 머리를 후려치려는 순간, 그녀의 형상이 잔상으로 변했다.

"······!"

그때 뒷덜미가 잡히는 느낌과 함께 박현의 몸이 허공으로 붕 떴다가 바닥에 내리꽂혔다.

충격에 하늘이 흔들릴 때 그의 머리로 발 하나가 뚝 떨어졌다.

"헙!"

박현은 헛바람을 들이마시며 재빨리 몸을 굴려 그녀의 발길질에서 벗어났다.

히죽 웃는 애자의 얼굴에 박현의 등줄기에서 식은땀 한

방울이 또르르 흘러내리는 것이 느껴졌다.

"너 누구야?"

"이게 진짜. 너 누나라니까!"

"니미, 고미호 밑에는 다 너처럼 미친년밖에 없냐?"

박현은 신기를 서서히 풀며 낮게 으르렁거렸다.

"고미호는 또 어떤 년이래?"

"음?"

고미호를 모르는 눈치.

"나, 너 누나라니까!"

언뜻 용생구자가 머리에 떠올랐지만, 무시했다.

"나는 형제들밖에 없다."

"엥?"

"……?"

"누가 그래?"

"큰 형님이."

"비희 오빠가?"

"어?"

"에? 진짜?"

"…….."

"이게 진짜! 그 형제가 그 형제냐!"

"……누구?"

"아빠의 무남독녀, 다섯째, 네 누나다. 이 망할 놈아!"

애자는 진심으로 화를 내며 박현으로 한순간 거리를 좁히며 박현의 얼굴로 주먹을 휘둘렀다. 충격에 잠시 눈만 깜빡하던 박현은 눈앞으로 날아오는 주먹에 화들짝 정신을 차렸지만 이미 늦어버렸다.

후아아악!

용의 기운이 그녀에게서 느껴졌다.

콰앙!

박현은 그 자리에서 땅과 하늘이 뒤집히는 것을 보며 정신을 놓치고 말았다.

"아―, 좀 개운하네."

그런 박현의 귀로 애자의 목소리가 파고들었다.

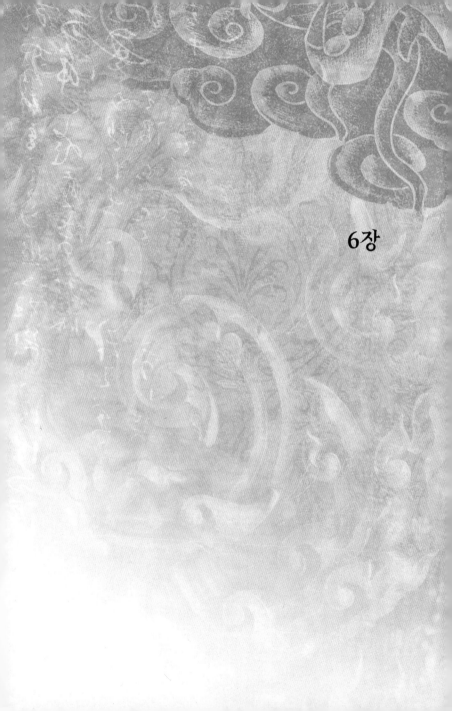

6장

'으음.'

박현은 미약한 두통을 느끼며 정신이 깨어났다.

"무릎 똑바로 안 꿇어? 확, 씨—."

애자의 목소리가 걸걸했다.

"그러니까 너희들이 우리 막내 친구들이라 이거지."

"예."

"네."

그 앞에 서기원과 조완희가 무릎을 꿇고 앉아 있었다.

"그런데 막내 친구가 친구 누나를 때리네."

껄렁한 목소리는 완벽한 시비조였다.

"그게 아니라……."

조완희는 어색한 웃음을 지으며 변명을 하려 했다.

"하긴 때린 게 아니지. 칼을 휘둘렀지. 그래, 칼을 휘둘렀어."

애자는 눈을 부리부리하게 뜨며 조완희를 노려보았다.

조완희와 서기원은 억울하기 그지없었다.

수리한 벽이 무너지고, 박현이 기절하는 등 그 난리가 났는데 당연히 적인 줄 알았지 누가 박현의 누나인지 어찌 알았겠는가 말이다.

당연히 적인 줄 알고 칼을 뽑아 든 건 당연한 일.

"근데야."

서기원이 조용히 입을 뗐다.

"뚱뚱, 뭐 할 말 있어?"

"조금은 듣기 불편해야."

"듣기 불편하다?"

"현이랑 친구이기는 해도야, 나도 나이 먹을 만큼 먹었어야. 그리고 신끼리……."

"그래서?"

"……?"

"그래서 우리 아기는 몇 살?"

분명 단어는 사근사근한데 어투는 칼날처럼 시퍼   다.

"삼백하고도……."

서기원은 가슴을 쭉 펴며 거만하게 턱을 슬쩍 들어올렸
다.

"대가리에 피도 안 마른 어린 노무 시키가……."

콩!

애자는 부채를 들어 서기원의 머리를 콩 찧었다.

"눈 안 깔아?"

"……."

애자는 서기원 앞으로 성큼 걸어가 뺨을 슬쩍 꼬집었다.

뽁!

매끈한 피부에 손가락이 뺨에서 뽑혔다.

순간 애자의 눈동자가 반짝였다.

"어머! 어머! 이 피부 좀 봐. 어려서 그런가……, 애기
피부네, 애기 피부."

애자는 서기원의 뺨을 양 손바닥으로 호빵 누르듯 누르
며 주물덕거렸다.

"……몇 살, 아니 연배가 어찌 돼야?"

서기원은 볼을 잡힌 채 웅얼거리듯 물었다.

"헙!"

봄바람처럼 사근사근하던 애자의 눈에 쌍심지가 켜졌다.

"엑!"

애자는 서기원의 뺨을 우악스럽게 꼬집으며 잡아당겼다.

"여자 나이는 묻는 게 아니……."

순간 애자의 눈동자가 파르르 떨렸다.

그만 데니안을 잊고 있었다.

"하하, 하하. ……데니안?"

애자는 어색한 웃음을 지으며 고개를 돌려 벽에 비스듬히 기대 있는 데니안을 쳐다보았다.

"다, 달링. 그, 그럼…… 몇…….."

벙찐 얼굴로 애자를 쳐다보며 저도 모르게 묻던 데니안은 순간 날카로워지는 그녀의 눈빛에 입을 닫으며 고개를 마구 저었다.

"달링."

"흐읍!"

데니안은 입을 손으로 막았다.

그의 행동에 애자는 눈두덩을 바르르 떨며 서기원을 노려보았다. 시퍼런 살기가 서기원의 눈을 파고들었다.

《뒈질 준비해라.》

애자의 전음.

"헙!"

서기원은 지독한 살기에 얼굴이 핼쑥해졌다.

"달링!"

그렇게 레이저를 한 번 쏴준 애자는 금세 표정을 풀며 데니안에게로 사뿐사뿐 뛰어가 품에 안겼다.

"어, 어……."

데니안은 어색하게 그녀의 대답을 받았다.

"뭐야? 지금 그 태도는?"

애자는 그를 향해 눈을 슬쩍 부라렸다.

"아, 아니야."

"지금 나 나이 많다고 괄시하는 거야?"

"네버."

데니안은 고개를 재빨리 저었다.

"자기도 영계가 좋은 모양이지?"

"아, 아니야! 나 연상이 좋아!"

목숨의 위협이라도 받은 것처럼 데니안은 소리치듯 대답했다.

"뭐야? 지금 나한테 화내는 거야?"

"아, 아니. 내가 왜 화를 내."

데니안은 언제 그랬냐는 듯 목소리를 누그러트렸다.

"그런데 왜 눈치를 봐?"

"내, 내가 언제."

"지금 보고 있잖아."

"그만 마음 풀어. 응?"

"달링."

"응?"

"내가 지금 왜 화를 내는지 몰라?"

애자가 옆구리에 손을 턱 올리며 데니안을 노려보았다.

"헉!"

데니안의 얼굴은 순간 창백하게 변했다.

"헙!"

"허걱!"

서기원과 조완희는 누가 뭐라고 할 것도 없이 입을 틀어
막으며 새어나오는 헛바람을 꽉 틀어막았다. 서기원과 조
완희는 측은한 눈으로 데니안을 쳐다보았다.

그러거나 말거나.

"알아, 몰라?"

"알아."

"알아?"

"진짜 미안해. 자기가 연상이라서 잠시 놀랐을 뿐이야.
나는 달링을 사랑해."

데니안은 애자를 살포시 안으며 화를 달래주려 했다.

하지만.

"내가 겨우 그것 때문에 내가 화내는 것 같아?"

"……."

"내가 그것밖에 안 되는 여자로 보여?"

애자는 그를 품에서 밀치며 데니안을 노려보았다.

"……그럼, 내가 뭘 잘못한 게 또 있어?"

"진짜 내가 왜 화가 났는지 몰라?"

"모, 몰라!"

"어떻게 그걸 몰라! 나쁜 새끼!"

"미, 미안해!"

데니안은 재빨리 손을 모으며 사과했다.

"미안하다면 다야?"

"……."

데니안이 벽에 붙어 이러지도 저러지도 못하는 모습에 애자는 더욱 쌍심지를 켜며 소리쳤다.

"이럴 거면 헤어지지 나랑 왜 사겨?"

서기원과 조완희는 차마 그 다음을 보기 어려워 고개를 돌리다가 눈을 뜬 박현과 눈이 마주쳤다.

"……."

서기원이 말을 하려는데, 박현은 고개를 저었다.

그때였다.

"정열의 키스를 안 해줬잖아!"

애자의 화가 폭발했다.

"우리 이럴 거면 헤어……, 읍!"

데니안은 짐승처럼 애자의 입술을 덮쳤다.

"사랑해—, 달링."

"사랑한다, 허니."

분위기가 급격히 전환되자.

"헐—."

"헐—."

서기원과 조완희는 입을 그냥 쩍 벌렸다.

*　　　*　　　*

애자는 왜 왔을까?

단순히 얼굴만 보러 온 건가?

맞다 그런다.

이 난리를 떨어놓고.

"헤이, 브라더. 다시 보자."

데니안이 주먹을 내밀었다.

박현이 잠시 멀뚱히 보자 주먹으로 주먹을 부딪치라고 살짝 흔들어 보였다.

"막내야, 다음에 보자."

박현이 주먹을 가져가자 애자가 방긋 웃으며 다가가 박

현을 가볍게 포옹했다.

"……아, 네."

박현이 어색하게 웃으며 대답했다.

"그리고 너희 둘."

애자의 말에 조완희와 서기원이 냉큼 달려가 그녀 앞에
섰다.

"일로 와."

애자가 두 팔을 벌려 둘을 가볍게 포옹했다.

"싸우지 말고. 엉?"

"……하하."

"저희 나이가 몇인데……."

서기원이 슬쩍 눈치를 보며 반항 아닌 반항을 해보았지만.

"어쭈!"

애자가 눈을 부라리자 서기원은 언제 그랬냐는 듯 눈꼬
리를 아래로 내렸다.

"이것들이 대답 안 해?"

애자가 목소리를 묵직하게 바꾸자.

"옙."

"넵."

"사이좋게 지내야 한다."

애자는 둘의 뺨을 꼬집으며 싱긋 웃었다.

"가자 달링!"

그리고는 그녀는 데니안에게 안기듯 팔짱을 끼고 사라졌다.

"히아──."

"후우──."

"후아!"

셋은 동시에 가쁜 숨을 내쉬듯 한숨을 내쉬었다.

"현아."

조완희가 박현에게 어깨동무를 했다.

"괜찮지야?"

서기원도 박현의 어깨에 손을 얹었다.

"괜찮아."

조완희는 말 없는 박현의 어깨를 토닥였다.

"괜찮아야. 괜찮지 않으면 어쩌야?"

"그래, 괜찮지 않으면 어떠하냐? 네 누님이신데."

"킥!"

서기원이 순간 웃음을 내뱉었다.

"웃지 마라. 현이 심각하…… 풋!"

조완희도 웃음을 내뱉었다.

"큿큿."

서기원이 코를 벌렁거렸다.

"어데서 꼬신 냄새가 나야."

"그러게. 고소하다."

어느새 서기원과 조완희는 서로 어깨동무를 하며 덩실덩
실 어깨춤을 추고 있었다.

"둘 다 죽고 싶냐?"

얼음장 같은 박현의 목소리.

"훗."

"흥!"

서기원과 조완희는 코웃음을 치고는 서로 눈을 마주치며
주먹을 마주했다.

"나는 영신."

"나는 강신."

"완희야, 기원아."

희희낙락하는 둘 뒤에서 박현의 서늘한 목소리가 들려왔
다.

"어디서 새가 날아가나?"

조완희는 눈썹에 손을 가져가며 하늘을 쳐다보았다.

"어디서 개가 짖나?"

서기원은 양손으로 망원경을 만들며 땅을 쳐다보았다.

"완희는 집 빼고, 기원이는 압류 들어가자."

그 말에 둘의 얼굴이 핼쑥하게 바뀌었다.

"그, 그러는 게 어디 있냐?"

"그래야! 완전히 내가 부순 것도 아니잖아야!"

"있다."

박현이 조완희와 서기원의 어깨에 팔을 얹었다.

"끄으!"

"큭!"

"채무자들은 닥쳐라. 채권자의 말씀이시다."

박현은 둘의 어깨를 꽉 쥐며 말한 뒤

탁탁!

둘의 어깨를 두어 번 쳤다.

"오늘 내로 방 비우고, 아니다. 내가 이삿짐센터 부르지. 그리고 이자는 법정 최고로 간다."

그리고는 자신의 집인 듯, 아니 자신의 집인 신당으로 들어갔다.

"안 돼!"

"이럴 수는……."

조완희와 서기원은 그 자리에 풀썩 주저앉았다.

*　　　*　　　*

"네가 박현이냐?"

이번에는 조폭인가?

검은 바바리코트, 검은 양복, 새하얀 셔츠, 검은 선글라스, 올백 머리.

그리고 입에 문 담배.

"……누구?"

박현은 조심스럽게 물었다.

이미 그의 정체에 대해 어느 정도 눈치를 챈 것인지 조완희와 서기원은 옆에서 숨죽여 키득거리고 있었다. 박현은 그런 둘을 흘깃 노려보았다.

"네 형이다."

그 말에 박현은 한숨을 푹 내쉬었다.

'어째 평범한 캐릭이 없냐?'

문득 그 생각은 다른 생각으로 이어졌다.

'설마 다른 형제도 다 그런 건…… 아니겠지?'

생각만으로도, 뭐라고 해야 하나…… 끔찍한 건 아니지만 한숨이 절로 나오려는 걸 애써 참았다.

"넷째 폐안이다."

폐안은 애자처럼 눈치가 없지는 않은 모양인 듯 박현이 잘 모르는 눈치자 자신을 다시 소개했다.

"박현입니다."

폐안은 박현의 몸을 스캔하듯 한 번 쭉 살피며 고개를 갸웃거렸다.

"이상하군."

선글라스 위로 뻗은 눈썹이 슬쩍 모아졌다.

"네'?"

"아버지의 기운이 아닌데."

팡—

폐안은 바바리코트를 흩날리며 박현 앞으로 다가왔다.

"……!"

박현은 갑작스러운 행동에 눈살을 슬쩍 찌푸리며 뒤로 한 걸음 물러났다. 폐안은 선글라스를 반쯤 내리며 그런 박현의 몸을 다시 뚫어져라 쳐다보았다.

"이상해."

"무슨 말씀인지."

"아버지의 기운이 느껴지지 않아."

폐안의 검은 눈동자가 차갑게 가라앉았다.

"어떻게 네가 아버지의 막내지?"

폐안은 얼굴을 험악하게 찡그렸다.

"앙?"

조용히 물어봐도 될 것을, 폐안은 주머니에 손을 넣은 채 허리를 숙여 머리를 가까이 가져가며 소리를 질렀다.

야쿠자.

순간 떠오른 이미지는 바로 야쿠자였다.

"그거라면 부적 때문일 거 같은데요."

조완희가 조심스럽게 입을 뗐다.

"뭐야, 너는?"

폐안은 얼굴을 삐딱하게 틀며 조완희를 쳐다보았다.

"현이 친……."

"너로군."

폐안의 눈이 부릅떠지더니 이내 표정이 더욱 험악하게 일그러졌다.

"예?"

"네가 감히 귀여운 내 동생에게 칼을 내민 놈이렸다!"

"네?"

조완희는 눈을 동그랗게 떴다.

스르릉—

폐안은 바바리코트를 젖혀 일본도를 뽑아들었다.

"고 귀엽고 연약한 아이에게……."

그가 몸을 부르르 떨며 지독한 살기를 드러냈다.

"좋은 말로 해도 알아듣는 착한 아이에게 말도 없이 칼을 들이밀어?"

저건 진심이다.

"누가여야?"

서기원.

"으앙?"

폐안은 더욱 얼굴을 삐딱하게 틀어 서기원을 쳐다보았다.

"내 동생, 애자를 모른다 시치미를 떼지는 않겠지?"

"아—, 애자 누님이여야."

서기원은 이제 이해를 한다는 듯 고개를 끄덕이다가 고개를 갸웃거렸다.

"근데야. 애자 누님 성격이 거시기하던데, 어딜 봐서 귀엽고 착하다고 하는 거여야?"

서기원은 분명 조완희를 향해 입을 가져가 속삭였다.

문제는 그 소리가 조금 컸을 뿐.

"하하, 하하하!"

조완희의 뺨으로 한 방울의 식은땀이 흘러내렸다.

"내가 보기에는 성격도 지랄 맞던데야. 그런 지랄도 없지 않았지여야. 안 그래야?"

후우우우욱—

짙은 살기가 폐안의 몸을 휘감았다.

"죽엇!"

그 목소리의 주인은 폐안이 아니라 조완희였다.

"꽤애액!"

조완희는 곧바로 손날로 서기원의 목을 후려친 후 뒤통

수에 주먹을 내려찍었다. 서기원은 갑작스러운 공격에 미처 대응하지 못하고 기절한 개구리처럼 바닥에 대자로 누워 꿈틀거렸다.

"미친놈이니 신경 쓰지 않으셔도 됩니다. 혀, 형님."

조완희는 태세를 바꿔 허리를 넙죽 숙였다.

폐안은 그런 조완희에게 다가가 어깨에 팔을 턱 올렸다.

"머리 굴러가는 소리가 제법 크다만, 동생 친구라 봐주지. 앞으로 잘해라. 앙?"

폐안은 조완희의 어깨를 억세게 꾹 쥐었다.

"끄, ……넵."

조완희는 고통을 감추며 얼른 대답했다.

"가자."

"네?"

폐안의 말에 박현이 반문했다.

"큰형님이 찾으신다."

*   *   *

"왔엉? 우리 귀여운 막둥이."

애자가 양손을 마치 꽃게의 집게발처럼 만들며 박현의 뺨을 향해 날아왔다.

"누나가 귀엽……."

턱.

그런 그녀를 향해 박현은 무심히 발을 들어 앞으로 쭉 내밀었다.

그러자 마치 막을 친 듯 어느 거리에서부터 애자는 박현에게 다가가지 못한 채 그의 뺨을 꼬집기 위해 양팔을 흐느적거렸다. 하지만 그녀의 양손은 박현의 뺨에 닿지 못했다.

애자는 눈썹을 파르르 떨며 눈을 아래로 가져갔다.

배에 올려진 박현의 발.

그 발이 둘 사이의 거리를 좁히지 못하게 만들고 있었다.

"귀여운 녀석!"

애자는 눈썹을 들썩이며 박현을 향해 묘한 웃음을 지어 보였다. 그리고는 몸을 틀어 박현의 발을 흘리며 박현을 향해 다시 손을 뻗었다.

콱!

"잡았다!"

애자는 엄지와 검지에서 느껴지는 살을 느끼며 히죽 크게 웃음을 지어 보였다.

"막내, 뺨이 보기보다 토실토실하네."

"그거 현이 아닌데요."

조완희.

"응?"

애자는 뺨을 음미하느라 감았던 눈을 떴다.

"부끄러워야."

토실토실한 호빵처럼 뺨이 쭉 늘어진 서기원이 몸을 슬쩍 꼬았다.

"왓 더 퍽!"

애자는 좌우로 쭉 늘어진 서기원을 보자 그대로 주먹을 휘둘렀다.

"꽤애액!"

서기원은 멱따는 소리를 내며 다시 한번 정신을 놓게 되었다.

*   *   *

바에 기대 술잔을 기우는 둘째 이문.

데니안과 뭔가를 속닥이다 그의 가슴을 콩콩 두들기는 애자.

야쿠자처럼 담배를 입에 물고 선글라스를 반쯤 내려 자신을 노려보는 폐안.

그리고 비희.

눈에 보이는 형제는 넷이었다.

"형제가 아홉이라 들었습니다."

박현이 물었다.

"아직 안 왔다. 조만간 보게 될 게다."

비희의 말에 박현은 고개를 끄덕이며 자신을 뚫어져라 쳐다보는 폐안의 눈빛에 슬쩍 그를 일견했다.

"……그나저나 부르셨다고요?"

"폐안아, 너는 꼭 막내를 그렇게 봐야 하냐?"

"아! 미안, 습관이 되어서."

폐안은 금세 표정을 풀고는 선글라스를 바로 쓰며 가볍게 사과했다.

"막내, 네가 이해해라. 이 녀석 주요 활동 지역이 일본이라서."

진짜 야쿠자는 아니겠지? 라는 생각이 얼핏 스치고 지나갔다.

전직 때문일까, 야쿠자라는 단어에 다시금 슬쩍 미간에 주름이 그려졌다.

'하긴 신이 야쿠자를 할 이유가 없지.'

박현은 피식 웃음을 삼키며 자연스레 표정을 풀었다.

"앞으로 어찌할 생각이냐?"

"생각 중입니다."

"주변 정리는?"

"얼추 정리를 하기는 했습니다."

비희는 고개를 끄덕이며 입을 열었다.

"용병계에서 힘을 키우는 건 어떻겠나?"

"용병계요?"

"그래."

비희의 말에 박현은 잠시 생각에 잠겼다.

"위험하다면 위험하지만, 그만큼 힘을 빠르게 키울 수 있다."

용병이라, 생각 안 해본 것도 아니었고, 비록 정식 의뢰를 한 번밖에 하지 않았다고는 하지만 아예 경험이 없는 것도 아니었다.

가벼운 인연이라면 인연인 이들도 있었고.

무엇보다.

"도와주실 거죠?"

박현은 비희를 쳐다보며 입꼬리를 슬쩍 말아 올렸다.

"음?"

묘한 웃음기에 비희가 고개를 갸우뚱했다.

"막내가 용병을 시작하는데, 설마 필요한 아티팩트를 돈 받고 파실 건 아니시죠?"

"푸훗—."

술잔을 기울던 이문은 술을 뿜어냈고,

"푸하하하하하하!"

옆에서 듣고 있던 폐안은 배를 잡고 웃음을 터트렸다.

"끄응."

비희는 앓는 소리를 삼켰다. 그래도 박현의 그런 요구가 싫지만은 않은 듯 담담한 미소도 언뜻 지어졌다가 사라지는 듯했다.

"뭘 그렇게 재쇼? 막내가 도와달라는데."

이문이 고소하다는 듯 큰소리로 말했다.

'용병이라…….'

일이 좀 틀어져 뒷전으로 물러났지만, 박현은 용병계에서 힘을 키울 생각을 했었다. 그리고 그 생각은 여전히 가지고 있었다.

암전의 터줏대감, 비희와 이문의 도움이라면 한결 편할 터.

또한 믿을 수 있으니 이보다 더 좋을 수는 없었다.

다만 신경이 쓰이는 것이 있을 뿐.

"이곳에 봉황의 눈이 닿아있습니까?"

일단 그게 궁금했다.

"봉황이야 항상 이곳을 보려 하지."

비희의 대답에 박현의 눈빛이 반짝였다.

"하지만 암전은 봉황의 것이 아니야."

암전에 대한 숱한 소문.

봉황의 것이다, 아니다.

비희의 말을 들으니 봉황의 것이 아님이 분명하다.

주인은 따로 있는 모양이다.

"누구의 것인가요?"

"글쎄……."

비희는 어깨를 슬쩍 들어올렸다.

궁금하지만 그다지 몰라도 상관없었다.

봉황의 눈을 피할 수 있다는 것만으로도 충분한 대답이 되었으니까.

박현은 몇몇 인물을 떠올리며 입가에 희미한 미소를 그렸다.

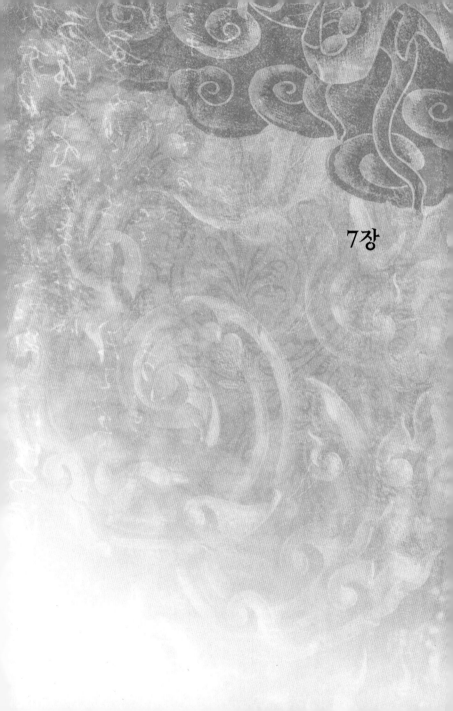

7장

박현은 비희의 도움을 받아 암전 내에 아담한 3층 건물을 하나 인수할 수 있었다. 사실 말이 인수지 비희가 가진 건물 하나를 넘겨 준 것이었다.

　'생각보다 부자시네요.'

　그때 박현이 그리 말하자 비희는 그저 희미한 웃음을 보였었다.

　어쨌든 덕분에 편해진 건 사실이었다.

　그리고 건물은 생각 이상으로 깔끔했다.

　"1층은 사무실로 쓰면 될 거 같고."

　"2, 3층은 숙소로 써도 되겠지?"

박현은 조완희와 건물을 둘러보며 이래저래 의견을 나눴
다.

"3층은 네 개인 공간으로 삼고 2층은 반드시 숙소로 하
자."

"반드시?"

"그래!"

박현의 반문에 조완희가 강한 어조로 대답했다.

"……?"

박현이 고개를 갸웃거리자 조완희는 그의 멱살을 움켜잡
았다.

"정말 몰라서 묻는 거냐!"

박현은 가볍게 조완희의 팔을 툭 쳐 흘렸다.

"별왕당은 여관이 아니라 신당이란 말이다!"

목소리는 크지 않았지만 표정과 행동을 보면 절규의 또
다른 몸짓이었다.

"아—."

박현의 가벼운 음성.

"나는 신당이 더 편해야. 매일 대별왕님께 안부인사 드
리기도 편하고. 와그작, 와그작!"

서기원은 뻥튀기를 입에 넣으며 말했다.

"뒈질래?"

조완희는 고개를 돌려 서기원을 노려보았지만, 서기원은 빈 봉지를 살피며 남은 부스러기를 입에 털어넣느라 그 시선을 느끼지 못했다.

"이—."

조완희가 몸을 바르르 떨며 소리를 버럭 지르려는 그때였다.

"아미타불!"

"형님!"

"……."

꼴통 삼인방, 당래불과 망치박 그리고 이승환이 건물 안으로 들어왔다.

그리고.

"음?"

그 뒤에, 정확히는 이승환 등에 한 여인이 온몸을 포박당한 채 업혀 있었다.

그녀는 마치 미라를 보는 듯 빼빼 마르고, 등에서 내려놓으면 두 발로 버티지 못하고 픽 쓰러질 듯 창백하기 그지없었다.

"……이선화?"

"히히, 히히히."

이선화는 실성한 것처럼 기이한 웃음을 흘렸다. 가만 보니 눈에 이지도 보이지 않고 흐리멍덩했다.

"왜 저래?"

박현은 얼굴을 굳히며 당래불을 쳐다보았다.

"그게 귀신에 반쯤 먹혀서 그렇습니다."

"귀신이라면……."

시시때때로 그녀를 잡아먹으려는 귀신, 이선화의 어머니.

위태위태하더니, 결국 먹힌 모양이었다.

"네놈이로구나!"

이선화는 박현을 보자 갑자기 귀기를 터트리며 마치 짐승처럼 이빨을 드러내고 발톱을 세웠다.

후드득!

어디서 그런 괴력이 나왔는지 포승줄을 끊으며 몸을 훌쩍 날려 박현을 향해 달려들었다.

"네놈을 갈가리 찢어……, 끄윽!"

박현은 손을 뻗어 이선화의 목을 움켜잡았다.

"죽고 잡냐?"

이미 그녀는 이선화가 아니었다.

혼백이 깨져 적의와 악만 남은 이름도 모르는 그녀의 어머니일 뿐.

"낄낄낄—, 쿨럭! 네가 이 몸을 죽일 수 없다는 걸 내 모를 줄……, 꺄아악!"

우득, 소리가 날 정도로 박현은 이선화의 목을 강하게 움켜잡았다. 진짜 여차하면 목이 부러질 정도였다.

그러자 이선화의 눈동자가 파르르 떨렸다.

"지, 진짜로⋯⋯."

"크르르르!"

박현의 송곳니가 살짝 길어지며 흑안의 눈동자가 흑백의 태극으로 바뀌었다.

"크하앙!"

『꺼지지 못해!』

박현이 그녀를 얼굴 가까이로 잡아당기며 목소리에 신력을 담아 일갈을 터트렸다.

후악—

이선화 뒤로 또 검푸른 빛의 인형이 뒤로 튕겨져 나왔다.

"크하앙!"

박현은 이선화를 당래불에게 던지며 검푸른 인형, 이선화의 어머니인 귀신을 향해 다시 울음을 터트렸다.

『꺄아아아악!』

퍽!

이선화의 어머니는 쇳소리를 긁는 듯한 괴로운 비명을 지르더니 연기처럼 사라졌다.

"끄으으!"

이어 이선화의 가녀린 신음이 흘러나왔다.

"소파에 눕혀."

"예."

당래불이 얼른 이선화를 소파에 눕혔다.

"흠."

박현은 신음을 흘리다가 잠에 드는 이선화를 내려다보았다.

"다들 모여."

박현은 그녀를 잠시 내려다본 후 근처 의자로 다가가 앉았다.

그리고 각자 자리에 앉는 꼴통 삼인방을 쳐다보았다.

"왜 아직 신당에 엉덩이 붙이고 있나?"

박현의 말에 셋은 움찔거렸다.

"쫓겨났어?"

"쫓겨났다기보다는……, 하하하."

망치 박은 머리를 긁었다.

"쫓겨났네, 쫓겨났어."

조완희가 혀를 찼다.

"이왕이면 자발적 가출이라고 해주십시오."

"지랄한다."

착!

조완희는 찰지게 당래불의 뒤통수를 치며 빈 의자에 앉았다.

"보아하니 둘이 가출했고, 넌 휘말렸고."

이승환은 당래불과 망치 박을 한 번 노려본 후 어색하게 고개를 끄덕였다.

"이미 저지른 거, 됐어."

박현이 조완희의 잔소리를 끊으며 셋을 쳐다보았다.

"며칠 내로 인테리어 끝나면 2층으로 옮겨. 호족 전사하고 함께 쓰면 될 거야."

박현은 손가락으로 2층을 가리켰다.

"여기로요?"

셋은 아무것도 모른 채 박현이 오라고 해서 온 게 다였다.

"그게 중요한 건 아니고."

"……?"

"……?"

"……?"

"용병 팀을 꾸릴까 해."

"팀이요?"

과묵하던 이승환이 깜짝 놀라 반문했다.

"놀고먹으면 뭐해? 들어와서 일해."

"일해야. 사람이 일하며 먹어야지, 그냥 놀고먹으면 안 돼야."

서기원이 말을 보탰고, 조완희는 동의한다는 듯 고개를 끄덕였다.

"두 형님도 함께하시는 겁니까?"

이승환의 질문에 조완희와 서기원은 고개를 저었다.

"우리는 따로 할 일이 있어."

"있어야."

"그럼 팀원은?"

이승환의 질문에 박현이 눈으로 꼴통 삼인방을 가리켰다.

"너희 셋이랑, 저기 이선화. 그리고 호족 전사 다섯. 일 단은 이 정도?"

갑작스러운 이야기였지만 꼴통 삼인방은 제법 차분하게 눈빛을 교환하며 고개를 끄덕였다. 당분간 본가나 본문으로 돌아가지 못하는 이상 그들로도 일단 나쁘지 않은 조합으로 보였다.

"그럼 팀 이름은 어떻게 됩니까?"

이승환의 질문에 박현이 순간 움찔거렸다.

"……팀 ……현?"

"에라이."

조완희가 혀를 찼다.

"하하, 하하."

박현은 머쓱함에 웃음을 내뱉었다.

"좋은 이름 있어?"

"나?"

"어."

"음, ……팀 관우?"

퍽!

박현은 조완희의 어깨를 주먹으로 쳤다.

"뭐? 팀 관우?"

"크크."

조완희도 머쓱함을 숨기지 못했다.

"너는 좋은 생각 없냐?"

조완희가 머쓱함을 털어내려고 서기원을 쳐다보았다.

"우물우물, 뭐가야?"

언제 꺼냈는지 서기원은 새 봉지에 담긴 뻥튀기를 입 안 가득 채우고 있었다.

"팀! 팀 이름! 너는 이 와중에도 또 먹고 있냐?"

"뭘 그렇게 고민해야. 팀 이름이 어떻든 달라지는 건 없어야."

"그래도 그럴 듯한 이름은 있어야지. 안 그러냐?"

조완희는 박현에게 의견을 구했다.

"맞습니다, 형님."

"소승도 그리 생각합니다, 아미타불."

박현이 고개를 끄덕이자 당래불과 망치 박은 그에 맞춰 동조했다.

"그럼 대충 정해야."

"그러니까 그게 안 되니까 하는 말이잖아. 이 멍충아!"

조완희는 태평하게 뻥튀기를 입에 넣는 서기원을 향해 소리를 버럭 질렀다.

"됐다. 이름이야 천천히 지으면 되는 거고. 다들 그렇게 알고 준비해."

"흐흐흐. 예, 형님!"

"아미타불."

"네."

골통 삼인방은 박현의 뜻을 따랐다.

* * *

탁.

이문은 위스키가 담긴 술잔을 바 카운터에 내려놓으며 물었다.

"팀 이름은 아직이냐?"

"뭐."

박현은 술잔을 받았다.

"근데, 형님."

"말해."

이문은 담배에 불을 붙이며 대답했다.

"돈 받으실 건 아니죠?"

"뭐, 쿨럭쿨럭!"

담배 연기에 사레가 걸린 듯 이문은 기침을 내뱉었다.

"이놈 보게."

"잘 마시겠습니다."

박현은 씨익 웃으며 술잔을 들어 보였다.

"어디서 이런 놈이 태어났는지 몰라."

사실 술 한 잔이 뭔 대수라고, 이문도 씩 웃었다.

"팀원도 꾸렸겠다, 뭐가 고민이야?"

"고민이라고 할 것까지는 없고요. 팀워크를 다질 겸 어떤 의뢰를 하는 게 좋을까 고민하는 정도죠 뭐."

박현은 술잔을 기울이며 대답했다.

"영물이나 마나석 같은 지저분하고 위험한 일 말고, 안전한 거부터 해."

"영물이나 마나석이요?"

"음? 몰라?"

"영물이나 마나석이 뭔지는 알지만……."

"아이쿠야."

이문은 손바닥으로 이마를 툭 쳤다.

"네 녀석이 이 바닥에서 초짜라는 걸 그만 까먹고 있었군."

이문은 주섬주섬 술잔 하나와 술병 하나를 가져와 박현 앞에 앉았다.

"암전이 어떻게 돌아가는지 아느냐?"

당연히 박현은 고개를 저었다.

"암전이 유지되는 건 딱 둘."

"……?"

"마물(魔物)과 기석(氣石) 때문이다."

이문은 여전히 영문을 모르겠다는 박현의 표정에 피식 웃으며 술잔에 위스키를 따랐다.

"네놈도 한자보다는 영어에 익숙하니 영어로 말해주지. 몬스터(Monster), 그리고 마나 스톤(Mana stone)."

박현은 몬스터라는 말에 흠칫했다가 이내 피식 웃음을 삼켰다.

신도 있는 마당에 몬스터는 뭐.

"왜 마법 무구가 비싼지 아느냐?"

"이유는 몰라도 가격이 엄청난 건 압니다."

박현은 허리에 찬 아공간 주머니를 슬쩍 보며 쓴웃음을
지었다.

"일반인들은 모르지만 이 세상에 가끔 기맥이 터진다."

"기맥?"

"인간에도 기가 흐르듯 땅에도 기가 흐르지."

"아―."

박현은 언뜻 과거 일제 강점기에 기맥인가 뭔가를 막기
위해 쇠말뚝을 박았다는 이야기를 얼핏 떠올렸다.

"그 기가 가끔 대지를 뚫고 터져 나온다."

"대자연의 기면 엄청나겠군요."

"그렇지. 어쨌든."

이문은 위스키로 입을 적신 후 다시 입을 열었다.

"그게 암전을 유지하는데 필요한 것들을 만들지."

"그게 몬스터와 마나 스톤인가요?"

"그래. 그리고 기맥에 흐르는 기운은 두 가지지."

"……."

"양의 기운과 음의 기운."

박현은 딱히 입을 열 거리가 없어 조용히 그의 말을 경청
했다.

"양의 기운이 터지면 그 기운에 영물이 만들어지고, 마
나 스톤이 만들어지지."

"음의 기운이 터지면요?"

"음의 기운이 터지면 주변 생물들이 몬스터로 변하지."

"흠."

박현은 침음성을 삼켰다.

이면에서도 이면인 암전에 이러한 것들이 있는지 몰랐었다.

"영물은 영약으로 가공되고, 마나 스톤은 마법 무구의 원천 에너지로 사용되지."

"몬스터는요?"

"몬스터는 마법 무구의 재료가 돼."

"가격도 엄청나겠군요."

"일확천금이지. 그래서 위험하고."

"영물에 마나스톤, 몬스터라."

박현은 미간을 슬쩍 좁혔다.

"기맥이라는 거 자주 터집니까?"

"그럴 리가. 끽해야 일 년에 네다섯 번?"

"그렇군요."

박현은 술잔을 단숨에 비웠다.

"아서라. 아직은 위험하다."

이문은 눈빛을 번뜩이는 박현을 보며 빈 술잔을 채워줬다.

　　　　*　　　　*　　　　*

　"너희들은 알고 있었나?"

　박현은 조완희와 서기원을 비롯해 골통 삼인방, 호족 전사들을 쳐다보며 물었다.

　"네."

　"이면에 발을 담근 자라면 누구나 알고 있는 거지."

　다들 고개를 끄덕이자 박현은 '끙' 하고 슬쩍 앓는 소리를 삼켜야 했다.

　"대략적인 건 알지만 자세한 건 모릅니다, 형님."

　"저희 역시."

　망치 박과 호효상.

　골통 삼인방 중 망치 박과 당래불은 용병으로 뛰기는 하지만 명문의 후기지수이고, 호족 전사들도 봉황회 내에서도 무시하지 못할 호족의 전사들이었다.

　그런 이들이 이면의 이면, 암전의 속사정마저 알 리는 없었다.

　"그대는?"

　박현은 조용히 앉아 있는 이선화를 쳐다보며 물었다.

　"저, 저요?"

　이선화는 화들짝 놀라더니 집중되는 시선이 부끄러웠던

지 얼굴을 붉혔다.

"저도 잘은……."

하긴 그녀는 군대로 치자면 전투 요원이라기보다는 백업 요원에 가까웠다.

"급한 건 아니니 천천히 알아가기로 하고. 적당한 것부터 하면서 팀워크를 다져갈 생각이야."

"티, 팀워크요?"

이선화가 눈을 껌뻑이며 물었다.

"……?"

"무, 무슨 팀워크를 말씀하시는 건……."

박현의 시선에 이선화의 목소리는 차츰 작아져 나중에는 입만 벙긋거릴 정도였다.

"용병 팀을 만들기로 했잖아."

"……그거 들은 적이 없는데요."

"그래. 들은 적이 없……."

박현은 고개를 끄덕이며 그녀의 기억을 다시 한번 더 되짚어주다 말고 입을 닫았다. 그리고 보니 그때 이선화는 정신을 잃고 있었던 사실이 떠올랐기 때문이었다.

"……없군."

다들 그 사실을 몰랐다는 듯 잠시 멍하니 있다가 고개를 끄덕였다.

"여기 모인 이들로 용병팀 하나를 만들 거야."

"네."

"같이 할 거지?"

"네?"

"할 거지?"

박현은 이선화를 보며 다시 물었다.

"네! 네!"

이선화는 눈을 초롱초롱하게 뜨며 재빨리 대답했다.

이상하리만큼 그녀의 어머니는 박현의 기운을 무서워했다. 그런 그녀에게 박현 곁만이 유일한 휴식처였다. 그랬기에 박현 곁에 머무는 건 오히려 그녀가 바라는 바였다.

"······근데요."

이선화가 조용히 박현을 불렀다.

"팀 이름은······."

이선화의 물음에 박현의 얼굴이 굳어졌다.

"하하하."

"그게 말이야."

이선화의 눈빛에 다들 먼 산을 바라보았다.

"없어야."

"네?"

"아직 못 정했어야."

서기원은 왜 다들 어색하게 눈을 피하는지 설명해주었다.

"선화 양이 한 번 정해봐야. 다들 머리를 장식으로 달고 다녀서 말이어야. 히히히."

서기원의 말에 이선화는 잠시 입술을 삐죽이 내밀며 생각에 잠기는 모습이었다.

"……현 자가 무슨 현 자예요?"

이선화는 박현의 눈치를 슬쩍 보며 물었다.

"사, 사적으로 과, 관심이 있어서 물어본 건 아니에요. 진짜 아니에요."

이선화는 속사포를 쏟아내듯 손사래를 치며 빠르게 말을 내뱉었다. 그런 그녀의 얼굴은 더 빨개질 수 있을까 싶을 정도로 붉었다.

"검을 현."

박현은 별다른 반응 없이 자신의 이름 한자를 알려줬다.

"검을 현이면…… 팀 블랙이면 어때요?"

"팀 블랙?"

박현의 반문에 이선화가 고개를 끄덕였다.

"블랙이라는 이름은 흔하지 않나? 다른 곳에서 사용할 거 같기도 하고."

마음에 들지만 너무나 단순한 이름에 누군가 사용하고 있을 것 같았다.

"그럼 팀 블랙 타이거는요?"

"블랙 타이거?"

이선화가 뒤에 호랑이를 덧붙였다.

"블랙 타이거라."

박현은 잠시 생각에 잠겼다.

"나쁘지 않군."

"뭘 고민해. 어차피 마땅한 이름도 없구만."

조완희.

"하긴."

박현은 고민이 무색하리만큼 피식 웃음을 터트렸다.

"영어가 그러면 현호(玄虎)라고 해야. 팀 현호."

"오—. 뭔가 있어 보입니다."

망치 박이 서기원의 지나가는 말에 무릎을 탁 쳤다.

"현호라. 팀 현호."

좀 흔해 보이는 팀 블랙 타이거보다는 현호라는 팀 이름이 좀 더 그럴싸하게 느껴졌다.

박현은 골통 삼인방을 쳐다보았다.

셋은 별다른 의의가 없어 보였다.

그리고 호족 전사들.

당연히 호족이니 팀 이름에 호랑이가 들어가는 것에 불만이 있을 리 없었다.

"……저도 좋아요."

이선화도 쥐꼬리만 한 목소리로 찬성했다.

"좋아. 팀 이름은 현호라고 하고. 내일쯤 등록하기로 하지. 가는 길에 쓸 만한 의뢰도 알아보고."

*　　　*　　　*

팀 등록은 생각보다 어렵지 않았다.

간단한 서류 몇 장으로 등록을 마친 박현은 쓸 만한 의뢰를 찾고 있었다.

"형님."

그때 망치 박이 박현을 찾아왔다.

"쌍수검 님 기억하십니까?"

"쌍수검?"

당연히 기억한다.

"기억하지. 그런데 왜?"

"오성그룹 의뢰가 있다고 참여 의사를 밝혀왔습니다."

"오성그룹이면……."

"네, 그때 그 그룹입니다. 그리고……."

"그리고?"

"쌍수검께 팀을 만들었다고 이야기했습니다."

어차피 알려질 일.

"잘했어. 그래서?"

"팀으로 참여할 의사가 있는지 물어봤습니다."

"의뢰 내용은?"

"오성 그룹에서 차세대 반도체 설계를 끝냈는데 그 설계도를 연구소에서 공장으로 옮기려 한답니다."

"흠."

용병 의뢰까지 넣은 것을 보면 단순히 물건을 옮겨주는 일은 아닐 터.

"중국 쪽에서 이 설계도를 노린다는 첩보가 들어왔다고 합니다."

"중국이라."

박현은 전에 마주쳤던 중국 용병들을 떠올렸다.

특히 강시를 다루는 도사는 특히나 강하게 인상이 남아 있었다.

"생각보다 분위기가 심상치 않아 보입니다."

"의뢰액수는?"

"이십억입니다."

망치 박의 말에 박현의 눈이 동그랗게 떠졌다.

"얼마?"

순간 자신의 귀를 의심했다.

"다른 기업보다 짧게는 반년, 길게는 일 년 이상 앞선 기술이라 합니다."

망치 박의 이어진 설명.

"결국 시간이 돈이라는 말이고."

"그래서 무리해서라도 하루빨리 공장으로 보내 시범 생산을 하려는 거 같습니다."

"그 정도면 우리뿐만이 아닌 거 같은데."

"쌍수검 님의 말에 의하면, 그때 참여했던 이들 외에 한 팀이 더 참여한다고 합니다."

"팀이라."

"신들로 구성된 골든 엑스(Golden axe)라고 제법 거친 놈들이 있습니다."

"네 생각은 어때? 해볼 만한 거 같아?"

"조금 위험하지만, 나쁘지 않은 의뢰라 생각합니다."

박현은 고개를 끄덕이며 망치 박을 올려다보았다.

"진지한 모습이 영 어색하군."

"그렇죠, 형님? 하하하하."

망치 박은 진지함을 털어버리고 넉살 좋게 손바닥을 슬쩍 비볐다.

"좋아, 한번 해보자."

"넵. 준비하겠습니다."

망치 박은 서둘러 스마트폰을 들었다.

*　　　*　　　*

"다시 보니 반갑군."

쌍수검은 1차 미팅 때 박현을 보자 서글서글한 웃음과 함께 손을 내밀었다.

"네."

딱히 사이가 나쁘지도 않았기에 박현도 웃으며 그와 악수를 나눴다.

"제법 좋은 팀을 꾸렸군."

쌍수검은 함께 온 팀 현호의 팀원들을 보며 고개를 끄덕였다.

"일일이 소개할 필요는 없겠지?"

쌍수검 뒤로 거석과 개양검, 백화와 지화가 서 있었다.

백화는 박현을 향해 환하게 웃으며 손을 흔들었고, 지화는 그런 그녀를 말리며 박현을 매섭게 노려보았다. 거석은 슬그머니 눈을 피했고, 개양검은 젊은 청년과 함께 박현에게로 다가왔다.

"오랜만이로군."

"다시 보니 반갑습니다."

"이 녀석은 내 조카. 칠성검의 후계자지."

박현은 스물 안팎으로 보이는 청년을 쳐다보았다.

"성운검 전영민이라고 합니다."

"암호요."

전영민은 박현의 가면을 짧게 쳐다본 후 악수를 나눴다. 그의 얼굴에는 치기 어린 호승심이 언뜻 보였다.

인사를 나누고 나자 쌍수검이 손목시계를 보았다.

"늦군."

"늦어서 미안하오."

마치 기다렸다는 듯이 문이 벌컥 열리고 십수 명의 사내들이 우르르 들어왔다.

그들의 행색은 상당히 독특했다.

그들은 마치 바이크 동호회 회원처럼 전부 가죽 바지에 가죽 자켓, 쇠사슬 액세서리도 모자라 알록달록한 두건에 짙은 선글라스, 덥수룩한 수염을 자랑하고 있었다.

마초 중의 마초라고 하면 이해가 쉬울 그런 모습이었다.

그리고 실제적으로 바이크를 타는지 몇몇은 바이크 헬멧을 들고 있었다.

"어지간하면 시간 좀 지키지."

쌍수검이 낯을 구기며 팀 골든 엑스의 팀장을 쏘아붙였다.

"불만이냐?"

팀장 쌍도끼, 더블 엑스는 두건을 벗고는 험악하게 인상을 찌푸리며 쌍수검 앞으로 바투 다가서서 으르렁거렸다.

둘의 신경전에 분위기가 갑자기 싸하게 변했다.

"약속에 늦는 건 여전하군."

"잘 지냈냐?"

"얼굴에 기름기가 좌르르 흐르는 게 편한 모양이다."

둘은 갑자기 분위기를 환기시키고는 가볍게 안으며 우정을 드러냈다.

한 편의 연극에 박현은 피식 웃음을 삼켰다.

"망치야."

박현은 조용히 망치 박을 불렀다.

"예, 형님."

"어째 생김새가 다들 비슷비슷하다."

복장만이 아니라 골드 엑스 팀원들의 얼굴 생김새도 비슷했다.

"팀원이 열여섯인데, 그중 열둘이 한 형제입니다. 그리고 금돼지입니다."

"금돼지? 아―."

박현은 고개를 끄덕였다.

"골드가 그 골드였군."

"그리고 저기 늘씬한 홍일점은 묘두사[1](猫頭蛇)이구요, 저기 젊은 청년하고 멀대는 비형랑[2], 두두리(됴됴里)[3]입니다. 마지막으로 부리부리한 인상의 사내는 목여거[4]입니다."

박현은 벽에 기대선 미청년 비형랑을 슬쩍 쳐다보았다.

"비형랑은 골든 엑스의 부팀장이고, 묘두사랑 두두리, 목여거를 이끌고 있습니다."

그의 시선을 느꼈는지 비형랑도 박현을 쳐다보았다.

눈이 마주치자 비형랑은 미소를 지어 보였고, 그 미소는 박현이 보기에도 매우 아름다웠다.

그때.

"사랑해요!"

백화의 목소리가 터져 나왔다.

"나를 가져요, 비형랑!"

*용어

1) 묘두사(猫頭蛇): 묘두사는 '송도기이'에 따르면
고양이 머리를 한 뱀이다. 새들이 왕으로 모시며, 푸른
연기를 내뿜는데 그 푸른 연기는 병을 치료하는 힘이
담겨 있다 한다.

2) 비형랑: 삼국유사에 따르면 신라 진지왕은 국사
를 돌보지 않고, 주색잡기만 하였다고 한다. 진지왕은
도화랑(桃花浪, 복사꽃 처녀)이라는 아리따운 여인을
탐하고자 하였으나, 도화랑은 '아녀자의 도리로 두 남
편을 섬길 수 없다.'라 하자, 진지왕은 '네 남편이 없
으면 나를 섬기겠느냐?'라고 묻자 '네, 남편이 없으면
되옵니다.'라 답했다고 한다. 진지왕은 그런 그녀를 놓
아주었고, 그 후 진지왕은 왕의 자리에서 쫓겨나 죽고
만다. 그리고 2년 만에 도화랑의 남편 역시 죽는다. 그
녀의 남편이 죽자, 진지왕은 귀신의 모습으로 그녀를
찾아왔고, 정을 통했다. 도화랑은 사내아이를 낳았는
데 그 아이가 비형랑이다. 귀신의 자식이기에 비형랑
은 귀신을 매우 잘 다뤘다고 한다.

3) 두두리(豆豆里): 두두리는 경주 지역 특유의 민간
신앙으로 삼국유사 비형랑 설화에 기원을 둔다. 두두

는 목랑(木郎) 혹은 목매(木魅)라고도 부르는데, 쉽게
풀어 나무 도깨비라는 뜻이다.

4) 목여거: 목여거는 '용재총화'에 따르면 눈이 횃
불로 되어있으며 몸에서 뜨거운 열을 내뿜으며 하늘을
날 수 있다 한다. 그리고 삿갓을 쓰고 다닌다.

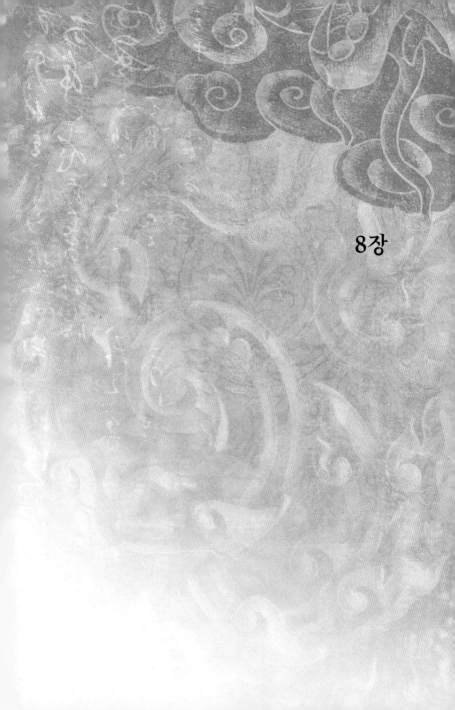

8장

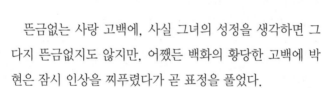

뜬금없는 사랑 고백에, 사실 그녀의 성정을 생각하면 그다지 뜬금없지도 않지만, 어쨌든 백화의 황당한 고백에 박현은 잠시 인상을 찌푸렸다가 곧 표정을 풀었다.

'당분간 편하겠군.'

적어도 백화가 자신에게는 들러붙지 않을 테니까.

"이 새끼, 감히 달링에게 꼬리를 쳐! 죽고 싶냐!"

아니나 다를까 지화.

물론, 조금 시끄럽기는 하겠다.

'뭐 나랑은 상관없는 일인가?'

박현은 피식 웃으며 비어 있는 의자로 향했다.

"오라버니!"

이선화가 비형랑을 보자 평소 그녀답지 않게 발랄한 목소리로 그를 부르며 달려 나갔다.

"이 쌍년이."

그 모습에 백화는 눈에 불을 켜며 이선화의 머리채를 움켜잡고 흔들었다.

"아악!"

"누구 앞에서 꼬랑지를 흔들어!"

"미친년!"

벽에 기대고 있던 비형랑이 단숨에 둘 사이에 끼어들며 백화의 손을 비틀었다.

"악!"

백화는 손목이 꺾이자 이선화의 머리채를 놓치며 비명을 질렀다.

"이 새끼가 죽을라고!"

지화가 비형랑의 팔을 거칠게 쳐내며 양손에 불길을 만들어냈다.

"나와!"

백화는 그런 지화를 짐짝 취급하듯 옆으로 밀치며 비형랑 앞으로 다가갔다.

"날 때리다니!"

비형랑은 이선화를 등 뒤로 끌며 백화를 노려보았다.

"날 때린 사내는 네가 처음이야!"

비형랑의 눈두덩이가 꿈틀거렸다.

"미친년아. 저번에도 맞았다."

비형랑이 참지 못하고 한 마디 쏘아붙였다.

"그래! 날 두 번 때린 사내는 네가 처음이야!"

"이게 다섯 번째다!"

"날 다섯 번이나 때린 사내는 네가 처음이야!"

비형랑은 기가 막힌지 어이없는 표정을 지어 보였다.

"내가 때려줄게. 여섯 번 때릴까?"

지화가 이때다 싶어 초롱초롱하게 눈을 뜨며 백화의 손을 움켜잡았다.

"때리게 해줘. 여섯 번? 일곱 번? 너를 위해서라면……."

"질척거리지 좀 말고 넌 좀 꺼져!"

백화는 지화의 머리를 옆으로 밀치며 비형랑에게로 다시 다가갔다.

조금 시끄러운 게 아니라 많이 시끄러웠다.

어지간하면 참겠는데, 귀가 아플 정도로 신경을 거슬렀다.

소란에 슬슬 짜증이 난 박현은 축지로 소리 없이 백화 뒤로 다가가 그녀의 목을 손날로 후려쳤다.

"끅!"

그 충격에 백화는 정신을 잃고 바닥으로 허물어졌다.

"너 뭐하는 짓……."

박현은 발로 백화를 차올려 지화에게로 던졌다.

"간호하면서 러브러브한 시간이나 보내."

"너!"

지화는 박현을 노려보며 소리를 질렀다.

"너!"

박현의 미간이 서서히 찌푸려졌다.

"정말 좋은 녀석이로구나!"

지화는 얼씨구나 어깨춤을 추며 그녀를 데리고 구석으로
향했다.

"미안해요."

이선화가 다가와 조용히 사과했다.

"네가 사과할 일이 아니야."

"고맙소."

비형랑.

"천만에."

박현은 어깨를 슬쩍 들어 보이며 다시 자리로 돌아가 앉
았다.

"붕어도 아니고 쟤는 매번 저러냐?"

"그래도 실전에서는 큰 힘이 되니까. 이번에도 미안하다."

쌍수검이 쌍도끼에게 사과했다.

"별수 없지. 도움이 되는 건 확실하니까."

쌍도끼는 그다지 개의치 않는다는 듯 무심히 넘겼다.

약간의 소란 후 각자 편하게 자리를 잡고 쉬었다.

대략 10여 분이 흘렀을까.

한 번 본 적 있는 오성그룹 경호실장과 비슷한 연배의 사내가 안으로 들어왔다.

쌍수검과 쌍도끼와 대화를 들으니 같이 들어온 이는 오성그룹 비서실장이었다.

"자자, 주목."

쌍수검이 방에 모인 이들의 시선을 한 곳으로 모았다.

"험험."

비서실장이 헛기침으로 목을 풀며 입을 열었다.

"다들 미리 언질을 받으셨다시피 내일 대전 연구소에서 수원 제1공장으로 차세대 반도체 설계도를 배달해 주시면 됩니다."

익히 아는 이야기로 시작해서 몇 가지 전달 사항이 덧붙여졌다.

결론은 의뢰 액수가 큰 이유는 생각보다 위험할 수 있기 때문이라는 것이다. 아니 중국 삼합회에서 대대적으로 공세가 들어올 수 있다 하니 상당히 위험해 보였다.

"팀은 우리가 전부요?"

쌍수검은 심각한 표정으로 물었다.

"아니오."

그 물음에 경호실장이 고개를 저었다.

"네 팀 더 준비했습니다."

"네 팀이라."

쌍수검은 고개를 끄덕였다.

"정해진 동선은 없고 알아서 움직이시면 됩니다. 다만 배달 시간만 신경 써주시면 됩니다."

"알겠소."

"그리고 경호팀에서 두 명이 붙을 겁니다."

쌍수검은 고개를 끄덕였다.

"보호해야 하나?"

쌍도끼가 귀찮다는 듯 물었다.

"가능하면 그래 주면 고맙지만 무엇보다 중요한 건 설계 도요."

"그렇다면 다행이고."

쌍도끼는 고개를 끄덕이다가 뭔가 떠오른 듯 다시 입을 열었다.

"이왕이면 모터바이크 타는 애로 보내줘."

"할리 데이비슨[1] 한 대 준비해 뒀습니다."

"역시 비서실장이야."

쌍도끼가 마음에 든다는 듯 비서실장을 향해 엄지손가락을 치켜세웠고, 그는 사무적인 미소를 지어 보였다.

"그럼 작전일은 모레 아침 9시입니다. 전날 대전으로 내려오시면 됩니다."

이걸로 이야기는 끝났다.

"숙소는 문자로 보내줘."

쌍도끼가 자리에서 일어나자 골든 엑스 팀원들도 자리에서 우르르 일어났다.

"내일 보자."

"그래."

골든 엑스팀이 우르르 나갔다.

"그럼, 내일 뵙죠."

이어서 경호실장과 비서실장도 나갔다.

"그럼 우리도 일어날까?"

쌍수검도 자리에서 일어났고, 그를 따라 거석과 개양검, 성운검, 여전히 정신을 차리지 못한 백화를 업은 지화가 그와 함께 자리를 떴다.

"망치야."

박현은 그들을 보며 잠시 고개를 갸웃거렸다.

"예, 형님."

"그러고 보니 쌍수검 님은 왜 팀을 안 만들지?"

만약 자신이 팀을 만들지 않았다면 망치 박, 당래불, 그리고 이선화도 저들과 함께했을 거다. 사실 말이 팀이 아니지 언뜻 들은 바에 의하면 거의 팀이나 매한가지라고 했다.

"좀 사연이 있습니다."

"사연?"

"들은 바에 의하면 예전에 크게 한 번 배신을 당했다고 합니다. 그 후로는 팀을 만들지 않는다고 그러더라구요."

"흠."

박현은 고개를 끄덕였다.

"우리도 가자."

"옙."

"나무관세음보살."

그렇게 미팅 자리는 끝났다.

*　　　*　　　*

이튿날

"형님, 우리 뭐타고 갑니까?"

"이런."

교통편은 생각지도 못한 터라 잠시 당황했지만 일단 급한 대로 KTX를 타고 대전으로 내려와 택시를 나눠 탔다.

"망치야."

"예, 형님."

"밴이든 뭐든 하나 찾아봐라."

"흐흐. 예, 형님."

박현과 골통 삼인방을 태운 택시가 외진 호텔로 들어설 무렵이었다.

부다다다다! 부르르— 부다다다다!

엄청나게 큰 엔진음이 한적한 도로를 가득 채우며 다가왔다. 곧이어 묵직한 할리 데이비슨 십여 대가 택시를 추월해 나갔다.

'복장만 라이더가 아니었군.'

빠르게 사라지는 이들의 가죽 자켓 등 뒤에서는 금빛 도끼 두 자루가 X자로 교차되어 있었다.

호텔 주차장에 나란히 주차되어 있는 할리 데이비슨 모터바이크는 장관이었다. 모터바이크에 그다지 관심이 없는 박현도 제법 긴 시간 눈이 갈 정도였다.

호텔 로비에서 골든 엑스 팀을 만났지만 그저 가벼운 눈인사를 나눈 후 대기하고 있던 오성그룹 직원의 안내를 받아 방으로 바로 올라갔다.

"다들 딴짓하지 말고 오늘 푹 쉬어라."

"옙, 주군."

시원하게 대답하는 이는 가장 호전적인 호태성이었다.

"그래, 너는 걱정 안 한다."

전사의 후예, 전장에서 죽고 싶다, 이 말을 항상 입에 달고 다니는 그였다. 어제 미팅 이후부터 만반의 준비를 하는 게 눈에 보였다.

아마 내일을 위해 들어가자마자 바로 씻고 잠자리에 들게 뻔했다.

"너희들 말하는 거다."

박현은 시선은 골통 삼인방에게로 향했다.

특히 망치 박.

"아무리 막 나가도 그 정도는 아닙니다, 형님."

"제가 신경 쓰겠습니다."

이승환이 망치 박의 말을 바로 끊었다.

"그래. 다들 쉬어라. 선화도 쉬고."

"……네."

박현은 모기만 한 이선화의 대답을 들으며 자신의 방으로 들어갔다.

다음날.

약속시간보다 십여 분 일찍 내려온 박현은 주변을 둘러보았다. 호텔이 산속에 있어서 그런지 공기가 제법 맑은 느낌이었다.

칙—

박현은 맑은 공기를 마시며 담배에 불을 붙였다.

"여어."

약간의 소란과 함께 골든 엑스 팀들이 우르르 주차장으로 내려왔다. 그리고 쌍도끼가 박현 옆에 자리를 잡으며 그도 담배를 입에 물었다.

"백호시라고?"

쌍도끼가 담배 연기를 내뱉으며 물었다.

박현의 눈매가 살짝 가늘어졌는데 그가 그걸 본 모양이었다.

"뭘 그렇게까지 인상을 쓰시고 그래. 오늘 하루 질퍽할 텐데, 기본은 알아야 등을 맡기지. 안 그래?"

쌍도끼는 시원하면서도 서글서글한 웃음을 지어 보였다.

"내 얼추 알아봤는데 말이야. 오늘 제법 고단한 하루가 될 듯싶어. 마음 단단히 먹어."

이 말이 본론인 모양이었다.

"고맙소."

"고맙기는. 같이 칼 밥 먹고 사는데."

쌍도끼는 박현의 등을 팡 치며 그의 팀원들이 있는 곳으로 갔다.

박현은 그런 그의 등을 보며 피식 웃음을 삼켰다.

생각보다 좋은 사람 같았다.

짧은 상념은 다시 소란스러움에 깨졌다.

*   *   *

"여기 있습니다."

비서실 소속이라고 소개한 남자가 시계 하나를 건넸다.

쌍수검은 시계를 건네받은 후 고민을 잠시 하는가 싶더니 박현에게 내밀었다.

"자네가 맡아보겠나?"

이런 일은 보통 믿을 만한 이에게 맡기는 게 정석. 망치박에게 듣기로는 보통 쌍수검 자신이 맡거나 거석에게 맡기는 편이라고 했다.

"……?"

"그 짧은 사이에 팀을 꾸릴 정도면 믿어도 되겠지?"

"다른 이유가 있는 거 같습니다."

박현이 시계를 받아들었다.

"나야 얼굴이 많이 팔렸으니…… 열에 아홉은 나를 노릴 걸세."

즉, 박현은 얼굴이 덜 알려진 데다가 확실한 능력까지 있으니 일이 터지면 자신이 미끼가 되겠다는 거였다.

"그리 심각하게 받아들일 필요는 없네."

쌍수검이 눈으로 골든 엑스 팀을 가리켰다.

그곳에도 똑같이 생긴 시계를 넘기고 있었다.

아마도 팀마다 2개씩 넘기는 모양이었다.

어느 것이 진짜인지는 아무도 몰랐다.

어쩌면 10개 모두 가짜일지도.

박현은 고개를 끄덕이며 시계를 차지 않고 아공간 주머니에 넣었다.

쌍수검은 박현의 아공간 주머니에 눈길이 갔지만 별다른 말은 하지 않았다.

"끝났으면 출발하자고."

우르르르릉— 다다다다다!

쌍도끼가 모터바이크에 시동을 걸며 소리쳤다.

"우리도 가지."

쌍수검은 쌍도끼에게 알았다는 듯 고개를 끄덕여 보이며

준비된 검정색 미니버스로 향했다.

개조를 한 듯 미니버스는 유리 창문이 모두 제거된 채 두툼한 철판으로 막아져 있었다. 두께도 제법 두꺼워 어지간한 공격에도 버텨낼 수 있게 보였다.

쌍수검은 보조석에, 뒷칸에는 박현을 비롯해 열두 명이 모두 승차하자, 간편한 복장의 오성그룹 경호팀 사내가 운전석으로 올라탔다.

"출발합시다."

미니버스가 출발하고, 그 주변을 짐승의 울음소리처럼 웅장한 모터바이크 소리가 감쌌다.

*　　　*　　　*

미니버스 안으로 반투명한 귀신 하나가 스며들어 이선화의 귀에 뭔가를 속삭였다.

"네, 네. 오라버니."

박현이 귀를 쫑긋 세워봤지만 라디오 잡음처럼 웅얼웅얼거릴 뿐 정확한 대화는 들을 수 없었다. 박현은 고개를 돌려 우편함 입구 정도는 될 법한 자그만 틈으로 밖을 쳐다보았다.

검은 헬멧에 검은 가죽 마스크, 바이크 고글을 쓴 비형랑

주위로 반투명한 귀신 십여 마리가 주변을 훨훨 날고 있었
다.

"알았어요."

뭔가 지시를 받은 이선화는 잠시 망설이다가 굳은 결심
을 하며 박현의 손을 잡았다.

"……?"

박현은 손에서 느껴지는 차가운 손길에 고개를 돌려 이
선화를 쳐다보았다.

그 시선에 이선화의 어깨가 움츠러들었다.

"괜찮아."

박현은 그녀가 왜 자신의 손을 잡았는지 알기에 오히려
그녀의 손을 따뜻하게 잡아주었다.

"고맙습니다."

박현이 고개를 끄덕이자 그녀의 눈에 귀망이 만들어졌다.

『컹컹!』

허공에서 새끼 삼족구 한 마리가 튀어나와 그녀의 곁을
지키자 그녀의 몸에서 스무 마리쯤 되는 귀신들이 흩어지
듯 나와 그녀의 주변을 잠시 맴돌다가 미니버스 밖으로 날
아나갔다.

『이히히히히!』

마지막으로 그녀의 어머니가 흉악한 모습을 드러냈다.

『이년아…….』

"크르르르."

박현은 겁에 질린 듯 움찔하는 이선화의 손을 꽉 잡아주며 낮게 울음을 터트렸다.

『칫!』

그러자 이선화의 어머니는 박현의 눈치를 슬쩍 보더니 그녀를 향해 혀를 차며 밖으로 날아갔다.

"괜찮다."

박현은 반대 손으로 이선화의 등을 가볍게 두들기며 위로했다.

"하아—."

이선화가 삼족구를 끌어안으며 애써 진정하는 모습이 안쓰러웠다.

부다다다다! 부르르— 부다다다다!

모터바이크 때문인지 미니버스는 고속도로가 아닌 국도를 달리고 있었다.

"태성아."

"예, 주군."

"긴장 풀자. 벌써부터 그러면 나중에 힘 빠져 제대로 싸우지도 못한다."

그 말에 호효상이 그의 어깨를 슬쩍 주물러줬다.

그리고 박현은 모터바이크 엔진음을 음악 삼아 눈을 감고 몸을 릴렉스시켰다.

자동차 진동과 모터바이크의 엔진음만이 공기를 지배했다.

그렇게 적막감이 흐르고, 미니버스가 자그만 도시를 지나 산속 국도로 접어들 때쯤이었다.

이선화가 박현의 팔을 꾹 잡았다.

"왔어요."

박현은 천천히 눈을 떴다.

잠시 사라졌던 비형랑이 부리는 귀신이 어느새 이선화 곁에 붙어 이야기를 나누고 있었다.

"스물이요."

귀신이 뭔가 이야기를 마치자 이선화는 다시 입을 열었다.

"총 오십 명이에요. 그중에 사행문 도사가 다섯이고. 관은 총 열 개. 그중 두 개에서는 사기가 심상치 않아요. 특별한 강시인 듯해요."

사행문 도사면.

"그때 강시를 다루는?"

"삼합회(三合會)[2] 소속으로 홍콩과 중국 본토에 근거지를 두고 있어요."

"삼합회 소속 다수의 문파가 동원되었다는 이야기가 있어. 다들 조심하도록."

쌍수검.

그는 슬슬 목을 풀며 기세를 끌어올리고 있었다.

"쌍수검 님. 오라버니가 찢어질 건지 아니면 일단 함께 할 건지 물어봐요."

이선화.

"바로 찢어지면 저들도 그에 맞춰 움직일 테니까, 난전에 돌입하면 그때 흩어지는 걸로 하지. 괜찮겠지?"

쌍수검은 박현의 의견을 물어보았다.

박현도 의의가 없었기에 고개를 끄덕여 주었다.

"알았어요."

이선화는 방금 대화를 그대로 비형랑의 귀신에게로 전했다.

"근데 너와 비형랑의 차이는 뭐야?"

이선화도 귀신을 다루고, 비형랑도 귀신을 다루고.

"저는 순수하게 귀신을 다루지만, 비형랑 오라버니는 귀신에 유형의 힘을 실어줄 수 있어요."

"유형?"

"강시를 다루는 것처럼요."

"흠."

박현은 고개를 끄덕였다.

"준비하세요."

이선화는 서서히 표정을 굳히며 말했다.

슈우욱— 쾅! 쾅! 쾅!

관짝 열 개가 날아와 국도 아스팔트에 내려찍혔다.

끼이익!

미니버스가 지나갈 수 없게 관이 도로에 박히자 운전하던 오성그룹 경호원이 급히 브레이크를 밟았다.

"일단 관부터 치워야겠군."

쌍수검은 문을 열고 미니버스에서 내렸다.

"나가볼까?"

여차하면 미니버스도 버려야 할지도 모르는 일.

박현도 몸을 풀며 팀원들을 이끌고 미니버스에서 내렸다.

우다다다!

미니버스 주위로 골든 엑스 팀이 시퍼런 눈으로 엑셀을 당기며 엔진음을 키우고 있었다.

"길달³⁾아!"

비형랑이 누군가를 불렀다.

스스스슷—

그러자 비형랑의 모터바이크 옆에서 반투명한 기운이 모이더니 거구의 사내가 모습을 드러냈다. 비형랑이 불러낸 도깨비이지만 그를 바라보는 길달의 눈빛은 적대감이 가득했다.

"구백쉰일곱이다."

"그래, 그래. 마흔 세 번 남았지."

"일천 번이 채워지는 날."

"맹약에 따라 널 풀어준다."

"그날 넌 내 손에 죽는다."

"누가 죽는지는 그날 보면 알 테고."

비형랑은 심드렁하게 어서 치우라고 손을 휘휘 저으며 도로를 막은 관짝을 가리켰다.

"크르르."

도깨비 귀신인 길달은 묵직하게 도로를 날아가 관짝에 주먹을 휘둘렀다.

쾅! 쾅— 콰앙!

그는 단숨에 관짝을 부수며 강시를 바닥에 처박았다.

그의 힘이 얼마나 강했던지 몇 구의 강시는 몸 일부가 함몰될 정도였다.

"크하아아악!"

길달은 마음 깊은 속 분노를 터트리듯 가슴을 두들기며 귀성을 터트렸다.

딸랑—

은은한 종소리가 울려 퍼졌다.

사행도사.

『크흐으으으!』

『크흐으으으!』

『크흐으으으!』

바닥에 처박혔던 강시들의 눈에서 귀광이 흘러나오기 시작했다.

따랑—

다시 음산한 기운을 담은 종소리가 울리자 강시들은 일제히 몸을 튕겨 자리에서 일어났다.

『크하아아악!』

『크하아아악!』

강시들이 귀성을 터트리며 길달을 향해 달려들 때였다.

『이히히히히! 떼놈들은 죽어서도 때깔이 우중충하구나!』

『떼놈들 혼(魂)맛이나 봐볼까? 크히히히히!』

강시 주변으로 십수의 귀신들이 모습을 드러내더니 강시들을 향해 달려들었다.

『크흐으으으!』

십수 구의 귀신들이 강시 하나를 덮치자 푸쉭— 하고 풍선 바람 빠지는 소리가 나는 듯하더니 귀곡성이 터져 나왔다.

『이히히히! 이제 어느 놈을 먹어볼까나?』

『낄낄낄낄. 저놈 먹자. 맛있어 보인다!』

귀신들이 일제히 다른 강시로 시선을 모으더니 다시 떼

거리로 달려들었다.

한바탕 귀신이 휩쓸고 간 자리에는 바람 빠진 풍선처럼 옷가지와 살가죽만 바닥에 늘어져 있었다.

"갈!"

도로 산 중턱에서 일갈이 터져 나왔다.

음침한 검은 도복을 입은 사행도사였다.

도력을 담은 그의 일갈에 강시들을 덮치던 귀신들의 혼백이 흔들렸다.

"크하악!"

하지만 그런 일갈을 막아선 이는 다름 아닌 길달이었다.

천오백 년 가까이 묵은 도깨비 혼.

비록 혼백이 되었다고는 해도 이 땅의 지기를 먹고 자란 도깨비였다.

쩌저정!

길달의 울음에 사행도사의 종이 깨져버렸다.

"웃차!"

그 순간 잠시 당황하는 사행도사 앞에 비형랑이 모습을 드러냈다.

"내 앞에서 귀신을 부려!"

비형랑은 야차처럼 얼굴을 찌푸리며 사행도사의 목을 움켜잡았다.

"감히 귀신들의 왕, 이 비형랑 앞에서!"

비형랑은 사행도사를 들어 귀신들에게 집어던졌다.

"죽여라! 감히 본좌 앞에서 귀신을 다룬 자다!"

『이히히히!』

『키키키키!』

귀신들은 던져진 사행도사를 향해 달려들었다.

"끄아아악!"

비명을 들으며 비형랑은 고개를 돌려 다른 사행도사들을 쳐다보았다.

"얼씨구. 개기는 놈들이 있네. 크크크크."

비형랑은 다른 사행도사들보다 음기가 강한 노년의 도사를 쳐다보며 입꼬리를 말아 올렸다.

"새끼. 죽을라고."

비형랑은 이죽거리며 길달을 불렀다.

"저 새끼, 끌고 와!"

마치 순간이동을 하듯 비형랑 옆에 모습을 드러낸 길달은 성큼성큼 사행도사들을 향해 걸음을 옮겼다.

"흠."

생각했던 것보다 비형랑의 능력은 엄청났다.

'……비형랑.'

골치 아픈 강시에 대한 건 놓아도 될 듯싶었다.

그러는 사이 미니버스 주변으로 중국 무인, 삼합회 무인들이 모습을 드러내고 있었다.

박현은 몸을 슬슬 풀며 신기를 내뿜었다.

"크르르르."

옆에서 호태성을 시작으로 호족 전사들이 투기를 드러냈다.

"가……."

어차피 싸울 거 호족 전사들이 마음껏 활개 칠 수 있게 족쇄를 풀어줄 참이었다.

"가자, 새끼들아!"

"끼하앗!"

"다 죽어버렷!"

그보다 먼저 골든 엑스 팀들이 모습을 드러내는 삼합회 무인들을 향해 몸을 날리고 있었다.

부아아아앙!

그중 몇몇은 아예 모터바이크를 몰아 삼합회 무인들을 덮쳐가고 있었다.

"우리도 가자!"

박현은 움찔움찔하는 호족 전사들을 향해 씨익 웃으며 진체를 드러냈다.

"크하아아앙!"

"크허어어엉!"

그렇게 한 마리의 백호와 다섯 마리의 호랑이가 울음을
터트리며 산중 국도를 뒤흔들었다.

*용어

1) 할리 데이비슨: 미국의 모터바이크로 엔진 소리가 매우 강렬해 '모터바이크의 황제'로 일컬어진다.

2) 삼합회(三合會): 삼합회, 트라이어드(Triad), 야쿠자, 마피아와 더불어 세계 3대 폭력 조직 중 하나이다. 중국, 홍콩과 대만에 기반을 두고 있으며, 화교가 진출한 차이나타운을 중심으로 활동한다.

3) 길달: 삼국유사에 따르면 진평왕이 비형랑에게 '귀신들 중에 인간 세상에 나와 정치를 도울 만한 자가 있느냐?'고 묻자 비형랑은 길달이라는 도깨비를 소개했고, 진평왕은 길달에게 집사란 벼슬을 내렸다. 하지만 인간사에 재미를 붙이지 못한 길달은 여우로 변해 도망을 쳤고, 비형랑은 귀신을 시켜 길달을 사로잡아 직접 죽였다고 전한다. 이후 귀신들은 비형랑의 이름만 듣고도 무서워 도망쳤다 한다.

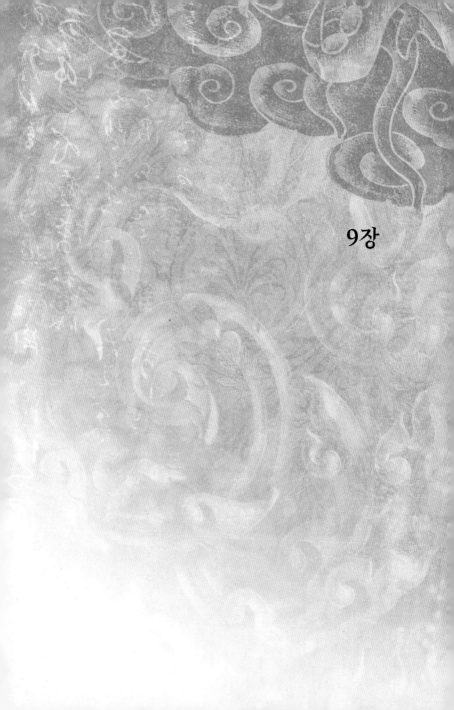

9장

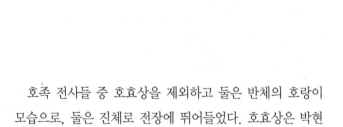

　호족 전사들 중 호효상을 제외하고 둘은 반체의 호랑이 모습으로, 둘은 진체로 전장에 뛰어들었다. 호효상은 박현의 명에 따라 이선화를 보호했다.

　"으흐흐흐!"

　"나무관세음보살!"

　"……."

　이어 골통 삼인방도 전장에 뛰어들었다.

　박현은 바로 싸움에 뛰어들지 않고 전장을 살펴보았다.

　'특이하군.'

　골든 엑스 팀, 특히 그중 비형랑이 이끄는 신들에게 눈이

갔다.

묘두사.

"카르르릉!"

고양이 특유의 높은 울음은 삼합회 무인들의 정신을 쏙 빼놓는 동시에 뱀 특유의 기이한 움직임으로 적진을 누비고 있었다.

그런 그녀의 뒤에서 확실하게 적을 베어넘기는 이가 있었으니, 바로 목여거였다.

눈에서 불을 내뿜는 그는 몸은 묘두사에 뒤지지 않을 정도로 신출귀몰(神出鬼沒)했다.

'검이라……, 재미있는 조합이로군.'

불의 잔상을 남기며 귀신과도 같이 움직이고 칼을 휘두르는 그의 움직임은 흡사 자객처럼 느껴졌다.

묘두사와 목여거의 합격은 서로의 단점을 지우고 장점을 극명하게 살리고 있었다.

쐐애액!

삼합회에도 자객이 있었던 듯 그림자에 은신하고 있던 검은 복장의 얼굴 모를 사내가 목여거의 등으로 단검을 날렸다.

『목여거!』

묘두사가 재빨리 경고했지만 시퍼런 검기를 담은 단검은

화살처럼 빠르게 날아가 목여거의 어깨에 꽂혔다.

"크윽!"

목여거는 휘청이다가 한쪽 무릎을 꿇으며 어깨를 감쌌다.

『죽어버렷!』

후아아악— 쾅!

묘두사는 통나무처럼 굵은 꼬리를 휘둘러 단검을 날린 자객의 몸통을 후려쳤다.

"크아악!"

자객은 허리가 반쯤 꺾이며 날아가 나무에 부딪히며 바닥으로 떨어졌다.

"크흐."

그 사이 목여거는 어깨에 꽂힌 단검을 뽑아들며 마치 쌍검을 들듯 단검을 역수로 움켜잡았다.

중한 상처지만 그의 의지는 꺾이지 않았다.

화르르륵!

오히려 그의 눈에서 더욱 강렬한 불꽃이 피어올랐다.

"크하아—."

묘두사는 스치듯 목여거 옆을 스치며 푸른 연기를 뿜어냈다. 그 영롱한 연기는 목여거의 어깨로 스며들었고, 거짓말처럼 그의 상처는 아물었다.

그를 도우려 했던 박현은 묘두사의 신비한 능력에 눈을 살짝 크게 떴다.

'상처를 낫게 하는 힘이라니. 대단하군.'

그들의 합도 대단했지만, 그보다 눈에 더 돋보이는 건 바로 두두리였다.

'나무 도깨비라 했던가?'

"크하앗!"

두두리가 신력을 터트리자 그의 키가 더욱 훌쩍 커졌다.

후드득—

피부가 말라비틀어지는가 싶더니 껍질을 벗기듯 살가죽이 바닥으로 후드득 떨어져 내렸다. 그리고 그 안에 잠들어 있던 속살은 다름 아닌 나무껍질이었다.

두두리는 몸을 살짝 구부리며 땅으로 팔을 뻗었다.

푸욱—

그의 팔이 길어지더니 마치 나무뿌리가 깊게 뿌리를 내리듯 땅에 박혀 들어갔다.

파바박!

그건 시작이었다.

수십 줄기의 나무줄기들이 마치 창처럼 땅을 뚫고 튀어나와 적의 다리와 몸통을 꿰뚫었다.

"흐앗!"

그의 공격을 아슬아슬하게 피한 한 검객이 그를 향해 검을 휘둘러 갔지만 어느새 귀신 다섯 마리가 장벽을 만들며 그를 보호했다.

비형랑이 부리는 귀신만 족히 서른은 넘어 보였다.

조완희의 녹두군에 못지않았다.

'이 정도면······.'

굳이 팀을 나눠 움직일 필요가 있을까 싶었다.

이 자리에서 모두 처리하고 여유롭게 움직여도 될 듯싶었다.

하지만 그런 여유도 잠시.

"쿠에에에엑!"

흉악한 울음이 터져 나왔다.

삼합회 소속 무인들만 참여한 줄 알았는데, 그게 아니었다.

모공이 쭈뼛 설 정도로 시퍼런 살기가 울음 속에 섞여 있었다.

퍼버벙!

『끼아아악!』

『끼이이익!』

비형랑이 부리는 귀신들이 혼비백산 사방으로 흩어질 정도였다.

쿵!

"쿠허어어어어!"

문제는 그 울음의 주인이 하나가 아니란 소리였다.

"도올(檮杌)[1]에 후(狐)[2]까지."

쌍도끼가 마른 신음을 흘렸다.

"어쩐지 쉽다 했어."

쌍도끼는 등에서 그의 별호처럼 두 자루의 큼지막한 도끼 두 자루를 움켜잡으며 진체를 드러냈다.

『이봐.』

그가 박현을 불렀다.

『잠시 한 놈 맡아줄 수 있겠나?』

"물론."

『어느 놈을 맡겠나?』

"개새끼는 패야 제맛이지."

『뭐? 크하하하하하!』

금돼지로 변한 쌍도끼는 잠시 눈을 껌뻑이더니 대소를 터트렸다.

『그래, 개새끼는 패야 제맛이지. 허나 조심하게. 용에 필적할 만큼 사나운 놈이니.』

쿵— 쿵— 쿠웅!

쌍도끼는 육중한 몸으로 껑충껑충 내달리더니 크게 도약하며 도올을 향해 날아가 도끼를 휘둘렀다.

"후라."

박현의 눈에서 시퍼런 신기가 피어났다.

"크하아아앙!"

박현은 진체 백호의 모습을 드러내며 소보다도 큰 후를 향해 몸을 날렸다.

"카르르르."

개를 닮았다고 했지만 생김새는 흡사 늑대와 비슷해 보였다. 특히 발은 개의 것이라기보다 호랑이에 가까울 정도로 섬뜩한 발톱이 드러나 있었다.

후가 숨을 내쉴 때마다 그의 숨결을 따라 누런 유황 같은 연기가 흘러나왔다 사라졌다.

'독?'

공기에 흩어지는 연기를 짧게 맡자 머리가 핑 돌았다.

"크르르르."

박현은 나직하게 울음을 터트리며 신력으로 몸에 스며든 독을 밀어냈다.

그 행위는 찰나.

하지만 후는 그 틈을 놓치지 않았다.

"쿠허어어어!"

후는 땅을 뒤집으며 단숨에 박현에게로 뛰어들어 목덜미를 물어왔다.

"크하아앙!"

비록 대처가 한발 늦었다고는 하지만 순순히 목을 내어 줄 박현이 아니었다. 박현도 울음을 터트려 기백을 세우며 후를 향해 앞발을 휘둘렀다.

콰득!

박현의 날카로운 발톱이 후의 얼굴을 할퀴었지만, 후도 만만치 않았다.

서걱!

후도 그 짧은 시간 안에 머리를 틀어 박현의 공격을 흘리는 동시에 얼굴로 앞발을 휘둘렀던 것이다.

날카로운 발톱으로.

화끈한 통증과 함께 박현의 얼굴에서 붉은 피가 튀었다.

박현은 손등으로 피를 닦으며 살기와 함께 낮게 울음을 토해내는 후를 노려보았다.

'크르.'

후의 뺨에 난 세 줄기의 상처.

깊지는 않지만 얕지도 않은 그 상처가 이상했다.

핏기가 없었다.

또한 갈라진 상처 사이로 보이는 살은 거무튀튀한 것이 꼭 썩은 살점과도 같았다. 그나마 그 상처에서 거무스름한 연기가 흘러나오고 있어 상처를 입은 것만은 확실했다.

"쿠허어어어!"

후는 박현을 향해 다시 몸을 날리며 뾰족한 이를 드러냈다.

『개새끼!』

박현은 강철 덫처럼 무시무시한 후의 이빨에 몸을 뒤로 젖혔다.

콱!

박현은 얼굴 앞에서 다물어지는 후의 턱을 보며 주먹을 위로 쳐올렸다.

'큭!'

하지만 그의 숨에서 흘러나오는 누런 숨, 독이 박현의 힘을 빼놓고 말았다.

퍽!

박현의 주먹이 후의 턱을 쳐올렸지만 그 힘은 강하지 않았다.

'젠장!'

박현은 잠시 흔들렸지만 다시 이를 드러내는 후의 이빨에 이를 악물어야 했다.

"쿠허엉!"

후는 박현의 어깨를 향해 다시 이를 드러냈다.

촤아악!

어깨를 내어줄 수는 없는 법.

박현은 급히 왼손의 건틀릿으로 팔뚝을 보호하며 어깨를 대신해 후의 이빨을 향해 내밀었다.

콰드득!

단단한 건틀릿이 우그러질 정도로 후의 턱 힘은 엄청났다.

"크르!"

뼈가 상하지는 않았지만 상당한 통증에 박현은 눈두덩이가 파르르 떨렸다.

"크하아앙!"

박현은 자신의 팔뚝을 물고 늘어지는 후의 얼굴을 향해 오른 주먹을 연타로 때려 박았다.

주먹에 후의 신형이 잠시 멈칫하는가 싶었지만 약해진 박현의 주먹을 견디며 다시 박현의 목을 향해 이빨을 드러냈다.

'젠장!'

박현은 급히 최대한 고개를 뒤로 젖혔지만 완벽히 피하지는 못할 듯싶었다.

콱!

박현의 생각과 달리 후의 이빨은 아슬아슬하게 박현의 눈앞에서 다물어졌다.

훅하고 들어오는 후의 숨결, 그리고 독.

박현은 후의 머리를 주먹으로 내려치며 재빨리 뒤로 물러났다.

그리고 왜 후가 자신을 물지 못했는지 알아차렸다.

후의 뒷다리를 칭칭 동여맨 넝쿨 줄기.

두두리가 도와준 것이었다.

"쿠허어어!"

후가 다리를 잡아당기는 두두리를 향해 이빨을 드러내는 사이 박현은 어지러움에 머리를 틀며 신기를 끌어올려 독을 태우려 했다.

"……!"

그때 코로 스며드는 청량한 향기가 느껴졌다.

동시에 어지러움이 사라졌다.

박현이 시선을 돌리자 묘두사가 싱긋 웃으며 스쳐 지나갔다.

"후우—."

박현은 숨을 내쉬며 후를 노려보았다.

독 때문에 생각보다 까다로운 상대였다. 거기에 상당한 맷집까지.

'쉽지 않겠군.'

박현은 이빨을 드러냈다.

"쿠허어어어!"

충분히 시간을 벌어준 두두리가 후의 뒷다리를 놓아주며 물러가자 후는 더욱 사납게 박현을 노려보고는 누런 독을 내뿜으며 박현을 향해 다시 달려들었다.

백호의 모습만으로는 승산이 없다.

다른 모습을 드러내느냐, 마느냐.

잠시 고민에 잠겼던 박현이 후를 노려보며 안광을 터트리며 후와 부딪혀 갔다.

"크하아아앙!"

그리고 박현과 후가 상대를 향해 다시금 이빨을 내민 그때.

＊　　　＊　　　＊

'믿을 만합니까?'

박현이 모터바이크로 집결하는 골든 엑스 팀을 보며 물었다.

'믿을 만해.'

쌍수검이 대답했다.

박현은 빠르게 도올과 부딪혀가는 쌍도끼와 그의 형제들을 거쳐 묘두사를 쳐다보았다.

그 찰나, 묘두사와 눈이 마주쳤다.

묘두사가 피가 흐르는 전장과 어울리지 않는 미소를 싱
긋 지어 보였다.

걱정하지 마.

내가 있어.

굳이 말을 나누지 않아도 알 수 있는 눈빛이었다.

'훗.'

박현은 피식 웃었다.

하지만 눈동자는 웃지 않았다.

아직은 아니다.

처음 본 저들을 믿을 수 없다.

세상이 박현, 자신을 믿어도, 박현은 이제 세상을 믿지
않는다.

믿을 수 있는 건 오로지 자신의 형제와 수하들뿐.

'드러낸다고 해도 최대한 이목을 가린다.'

자신을 향해 누런 독을 내뿜으며 달려오는 후를 다시 노
려보았다.

"크하아아아아앙!"

박현은 울음을 토하며 후의 얼굴로 발톱을 세워 휘둘렀
다.

콰악!

박현의 발톱이 후의 얼굴을 정확하게 쳤다.

"컹!"

후는 고통에 비명을 지르면서도 박현의 얼굴로 누런 독의 숨을 토해냈다.

독을 바로 코앞에서 들이마시자 지잉— 귀에 이명이 들릴 정도로 머리가 팽 돌았다.

"쿠허어!"

후는 바닥에 나뒹굴자마자 일말의 틈도 없이 곧바로 박현의 목을 물어뜯기 위해 달려들었다.

'개새끼.'

박현은 보았다.

독을 뒤집어쓴 자신을 향해 비릿한 웃음을 짓는 후의 눈웃음을.

박현은 머리를 털어 정신을 붙잡으며 히죽 웃음을 드러냈다.

한때 미친놈이라 불렸던 박현이었다.

'오랜만에 빡돌게 만드네.'

박현은 독이 몸을 침범하건 말건 신경 쓰지 않았다.

"크하아앙!"

자신의 독을 풀어줄 묘두사가 있다.

독 걱정은 없다.

또한 여차하면 백사의 모습으로 후의 몸을 에워 감싼 후

숨통을 졸라매서 목숨을 끊으면 된다.

죽일 자신도 있다.

다만 어떻게 후를 죽이냐의 문제일 뿐.

"크하앙!"

박현은 다시 왼손을 내주었다.

고통에 박현의 얼굴이 일그러질 법도 하건만 박현은 오히려 히죽 웃음을 드러냈다. 그 웃음은 잔인함을 담고 있었다.

쾅! 쾅! 쾅! 쾅! 쾅!

박현은 자신의 팔을 물고 흔드는 후의 얼굴로 주먹을 내려쳤다.

"쿠허어!"

후는 눈으로 주먹이 연신 날아오자 그의 팔을 놓으며 뒤로 물러났다. 아무리 독에 약해진 박현이라고 해도 대놓고 얼굴을 맞으면 충격이 쌓이는 법.

『어딜 가, 개새끼야.』

박현은 독기운에 무릎이 살짝 꺾이는 와중에도 우악스럽게 달라붙어 후의 턱 부근 털을 움켜잡았다.

『너는! 내가 패서 죽인다!』

쾅! 쾅! 쾅! 쾅! 쾅!

박현은 독기운이 퍼짐에도 전혀 신력으로 독에 대비하지 않은 채 오로지 주먹에 힘을 실었다.

파직!

결국 박현은 우격다짐으로 후의 왼쪽 눈을 터트리고 말 았다.

"쿠허어어어어어!"

고통이 상당한지 후는 강하게 몸부림치며 털뿐만 아니라 가죽이 뜯겨나가는 고통도 아랑곳하지 않고 박현의 손에서 벗어나고 말았다.

"후욱!"

순간 후의 가슴이 두꺼비처럼 불룩 부풀어 올랐다.

'독?'

박현은 최악의 상황은 피하기 위해 크게 숨을 들이마셨 다.

"쿠허엉!"

후의 입이 쩍 벌어지며 그의 입에서 붉은 기운이 이글거 렸다.

'불?'

화아아악—

붉고 노란, 마치 용암처럼 보이는 불이 후의 입에서 쏘아 져 나왔다.

『젠장!』

박현은 재빨리 허리를 뒤로 젖히며 고개를 틀었다.

"끄으!"

하지만 불을 완벽히 피하지 못했다. 불길이 뺨을 스치고 지나가자 생각보다 지독한 고통이 뇌를 뒤흔들었다.

"스―."

숨을 내쉴 때 바람이 새는 것을 보면 뺨이 완전히 녹아내린 모양이다.

『크크크!』

박현은 분노는 흑기를 불러냈고, 흑기는 조완희의 부적의 힘을 눌러버렸다. 눈동자에 태극이 돌기 시작하며 시커먼 유형의 흑기가 내뿜어져 나왔다.

『곱게 죽을 생각은 하지 마.』

백호의 검은 줄무늬가 더욱 검고 커졌다.

박현의 몸에서 흘러나오는 흑기에 후가 잠시 멈칫거렸다.

『그래서 넌 안 돼.』

그 찰나를 놓치지 않고 박현은 오른손을 갈고리처럼 만들어 후의 얼굴을 향해 뻗었다. 그리고 박현의 손가락은 후의 깨진 눈으로 파고들어 더욱 견고하게 그의 얼굴을 움켜잡았다.

쾅! 쾅! 쾅! 쾅! 쾅!

박현은 다시 후의 얼굴을 내려찍기 시작했다.

"쿠헤에에엑!"

후는 고통에 몸부림쳤다.

『이제 시작이야.』

박현은 후의 얼굴을 더욱 끌어당기며 왼손을 갈고리처럼 오므렸다.

푸욱!

그리고 망설임 없이 후의 하나 남은 눈마저 짓이겨 버렸다.

"쿠헤에에에엑!"

후는 더욱 미쳐 날뛰었지만 박현은 아랑곳하지 않고 더욱 우악스럽게 그의 양 눈으로 손을 더욱 깊게 밀어 넣었다.

"쿠훅!"

그 순간 후의 가슴이 불룩하게 커졌다.

『훗!』

박현은 조소를 머금었다.

몰랐으면 모를까.

박현은 재빨리 왼손을 넣고는 오른손으로 후의 머리를 흔들며 땅바닥에 내리꽂았다.

"쿠허엉!"

후의 입에서 불길이 내뿜어졌지만 그 불길은 애꿎은 바닥과 수풀만 태울 뿐이었다.

『나 여기 있어.』

박현은 속삭이듯 말을 건네며 다시 주먹을 들어올렸다.

벗어나려고 몸부림치는 후를 잡고 있는 건 쉬운 일이 아니었다. 아니 그보다 후의 머리를 내려치는 박현의 얼굴에 조금씩 고통의 기색이 어렸다.

후의 머리가 조금씩 함몰할수록 박현의 주먹의 살점도 그에 맞춰 떨어져 나갔기 때문이었다.

하지만 박현의 얼굴에 고통의 기색이 어릴수록 입가에 미소는 더욱 서늘하게 진해져 갔다.

불룩— 다시 후의 배가 불룩해졌다.

불.

확실히 무서운 힘이다.

어지간해서는 상처를 입지 않는 피부임에도 뼈가 드러날 정도로 녹아내릴 정도니까.

하지만.

씨익— 박현의 입가에 미소가 지어졌다.

박현은 후의 입이 벌어지지 않게 주둥이를 팔로 휘감았다.

쩍— 콱! 쩍— 콱!

가슴이 불룩해질수록 후는 입을 벌리려고 애를 썼고, 박현은 그 입을 닫기 위해 안간힘을 썼다. 그로 인해 후의 입은 벌어졌다가 닫히기를 반복했다.

하지만 독에 취해 힘이 떨어졌는지 결국 후의 입이 조금씩 벌어지기 시작했다.

『흐읍!』

박현은 크게 숨을 들이켜며 주변을 살폈다.

"꺄호오옹!"

묘두사가 푸른 연기를 뿜어내며 달려오고 있었다. 그로 인해 골든 엑스 팀에게서 자신의 모습이 가려졌다.

자신의 또 다른 모습을 감추기에 완벽한 상황.

'좋군!'

"쿠허어어어어!"

마음이 서자 박현의 입에서 태산 같은 울음이 터져 나왔다.

백우.

우람해진 박현의 양팔은 더욱 강하게 후의 입을 틀어막았다.

콰아아아아아앙!

찰나의 차이로 후의 몸은 폭탄이 터지듯 폭발했다.

"으아악!"

"끄악!"

악마의 불구덩이 같은 검고 붉고, 누런 화마는 단숨에 주변을 휘감았다.

단 한 번의 화마였다.

그 화마는 주변 10m가량을 완전히 초토화해 버렸다. 그 안에 있던 이들은 형체 하나 남기지 못할 정도였다.

"끄으으!"

"흐흐, 사, 살려……줘."

화마는 피했지만 여파에 휩쓸린 이들은 뜨거운 열기에 휩쓸려 피부가 녹아내린 듯 바닥을 구르며 괴로워했다.

"크르르르."

지옥의 땅이 솟은 것처럼 잿더미로 변한 땅 한가운데 검게 탄 검은 인형이 자리에서 일어났다.

희미한 바람이 불자 검게 물든 털은 재가 되어 흩날렸다.

검은 인형이 눈을 떴다.

붉게 물든 눈, 그 안에 자리한 태극의 눈동자.

"크르르르르."

녹아내린 뺨으로 새어 나오는 거친 울음.

피부가 녹아내려 언뜻언뜻 검고 누런 뼈가 드러난 검은 그림자, 박현은 하늘을 올려다보며 광오한 울음을 터트렸다.

"크하아아아앙!"

과격한 행동에 탄 살점들이 바닥으로 투둑 떨어져 내렸다. 하지만 박현은 아랑곳하지 않고 오히려 더욱 크게 산이 무너져라 울음을 터트렸다.

한바탕 울음을 끝낸 박현은 고개를 돌려 묘두사를 쳐다
보며 손을 까닥였다.

『치료.』

어떤 미사여구도 없었다.

"재미난 남자네."

묘두사는 박현 주변을 똬리를 틀며 에워쌌다.

"하아―."

묘두사는 싱긋 웃으며 푸른 연기를 내뿜어 박현의 몸을
어루만졌다.

그리고 속삭였다.

"그거 뭐예요?"

"흐음."

치료는 때로는 아프지만 이율배반적으로 시원하고 상쾌
했다. 그 상쾌함을 느끼고 있던 박현이 묘두사의 귓속말에
눈을 떴다.

고양이의 귀여운 표정이 눈에 들어왔다.

"크르르."

박현은 부드럽게 웃음을 지어 보였다.

그리고 청량감이 느껴지는 손을 들어 올렸다. 뼈가 드러
났던 주먹에 살점이 차올랐고, 불에 듬성듬성 화상을 입은
피부에 새하얀 털이 돋아나고 있었다.

박현은 주먹을 쥐었다 폈다를 반복하며 손 상태를 점검했다.

완벽하게 돌아왔다.

어질어질하던 독의 기운도 묘두사의 푸른 기운에 사라졌다.

『뭐라고 했지?』

"저는 봤지요. 머리에 솟……. 꺼억!"

박현은 그 순간 묘두사의 목을 움켜잡았다.

『너는 살아서는 안 될 존재로구나.』

"캬호옹!"

묘두사는 재빨리 박현의 온몸을 감싸며 그의 몸을 압박했다.

뼈가 으스러지는 고통에도 박현은 오히려 웃음을 드러냈다. 그 웃음에 묘두사가 흠칫거렸다.

『내가 더 재미난 거 보여줄까?』

스르륵!

박현의 몸이 변하며 뼈가 없는 연체동물처럼 유연하게 묘두사의 똬리를 벗어났다.

하지만 누구에게도 그 모습을 보여줄 생각은 없었다. 그리고 박현은 그녀의 압박에서 벗어나는 즉시 백사에서 백호로 다시 빠르면서도 자연스럽게 변신했다.

그 모습은 마치 이종격투기 대회의 경기에서 아래에 깔린 선수가 자연스럽게 포지션을 취하며 빠져나온 것처럼, 무척 자연스럽고 부드러웠다.

쾅!

박현은 묘두사의 머리를 잡고 바닥으로 내려찍었다.

"꺼억!"

충격에 입을 벌리는 묘두사의 입으로 박현은 자그만 단약을 하나 집어넣었다.

"……."

『고독이야. 모체는 나한테 있을 거라는 건 알겠지? 할 말 있으면 조용히 찾아와.』

박현은 속삭이며 그녀의 뺨을 가볍게 두들겼다.

입술을 혀로 살짝 핥으면서.

『미안합니다.』

어느새 차가운 표정은 온데간데없는 박현이 그녀의 몸을 일으켜 세웠다.

『신경이 날카로워 적인 줄 알았습니다.』

전장 안에서 보이는 깔끔한 모습.

『싸움이 끝나면 정식으로 사과하겠습니다.』

박현은 정중하게 목례를 한 후 몸을 돌렸다.

수많은 이목이 쏠려 있었다.

정확히는 자신과 묘두사 둘 다이지만.

"크르르르!"

박현은 진체로서 울음을 터트렸다.

아직 싸움이 끝나지 않았다.

"크하아아앙!"

박현은 울음을 터트리며 쌍도끼와 그의 형제가 고전하는
도도올을 향해 몸을 날렸다.

*용어

1) 도올(檮杌): 중국 고서 '신이경'에 의하면 호랑이 형상에 털이 아주 길고, 돼지 입에 호랑이 발을 가졌다고 한다. 성격은 매우 흉악하다 한다.

2) 후(犼): 중국 고전 속자불어(續子不語)에 의하면 불교 신들이 타던 신수(神獸)가 죽어 강시가 되고, 다시 강시가 부활한 것이 후라 한다. 개(犬)의 형상을 닮았고, 입에서 화염이나 연기를 내뿜으며 용에 뒤지지 않는 힘을 가지고 있다 한다. 사람을 즐겨 잡아먹는다 한다.

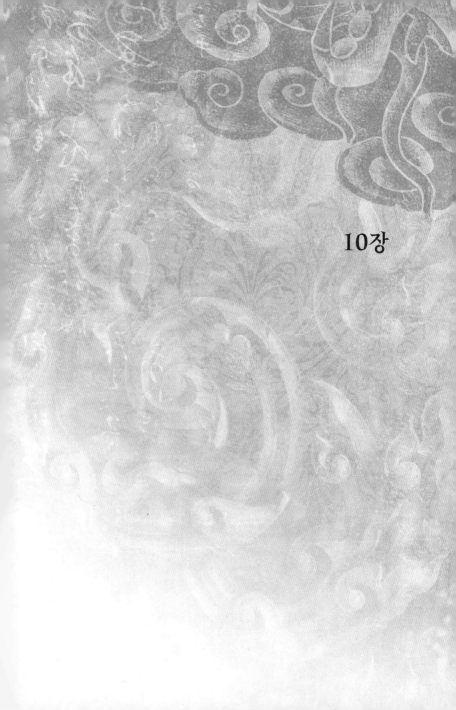

10장

　박현은 의자에 다리를 꼬고 앉아 묘두사를 올려보았다.
그녀는 표독스러운 눈빛으로 박현을 노려보았다.

　"앉아."

　묘두사는 입술을 꼭 다물며 그의 앞에 앉았다.

　"너 당장 이거 없애."

　묘두사는 자신의 심장을 손가락으로 가리키며 박현을 향
해 은은한 살기를 띠었다.

　"본인이 왜 그래야 하지?"

　"죽고 싶……, 꺼억!"

　묘두사가 짙은 살기를 내뱉자 그녀의 얼굴이 순식간에

붉어졌다가 창백하게 변했다. 이어 고통에 찬 얼굴을 한 채 사시나무처럼 몸을 바르르 떨더니 의자 밑으로 꼬꾸라졌다.

박현은 가슴에 스며든 신기를 흩트려 없앴다.

"헉헉, 헉헉, 끄으."

그 사이 식은땀으로 뒤덮인 묘두사는 힘겹게 정신을 차리며 박현을 노려보았다.

"이야기하려거든 살기부터 없애."

묘두사는 입술을 으스러지도록 깨물며 다시 박현 앞에 섰다.

"후우ㅡ."

박현은 꿈틀거리는 뺨을 풀며 숨을 잠시 내쉬었다.

"후욱ㅡ 후욱ㅡ."

잠시 숨을 몰아쉰 박현은 목을 살짝 꺾으며 감았던 눈을 떴다.

"아, 미안."

묘두사는 눈가를 찌푸리며 박현을 쳐다보았다.

"피를 보면 잠시 진정이 되지 않아서."

그 말에 묘두사의 눈빛이 반짝였다.

"당장 없애요."

묘두사의 말에 박현은 피식 웃음을 삼켰다.

그 웃음에 묘두사의 몸은 슬쩍 움찔거렸다.

"지금은 안 돼."

박현의 거절에 묘두사의 얼굴이 일그러졌다.

"그대가 본인에 대해 함구한다면, 그게 확실해지면 그때 없애주지."

"……당신 정체가 뭐죠?"

"백호."

뭘 묻냐는 듯 박현은 싱겁게 대답했다.

"봤어요."

묘두사는 고개를 저으며 박현을 뚫어져라 쳐다보았다.

"뭘 봤지?"

박현은 깍지를 끼며 몸을 그녀에게로 몸을 기울였다.

"……"

"궁금하군. 그대가 무엇을 봤는지."

박현의 입가에 섬뜩한 미소가 지어졌고, 그 미소에 묘두사의 눈동자가 파르르 요동쳤다.

*   *   *

딸랑—

풍점 문에 달린 종이 가벼운 울림을 만들어냈다.

비희는 콧등에 걸린 안경 너머로 문을 열고 안으로 들어온 이를 쳐다보았다.

비형랑이었다.

"안으로 들어와."

비희의 말에 비형랑은 'OPEN'이라고 적힌 팻말을 뒤집은 후 문을 잠갔다.

허름하고 자그만 매장 뒤편으로 들어가자 몇몇 박스가 창고처럼 빼곡하게 쌓여 있었다. 박스 때문에 좁아진 복도를 게걸음으로 지나가자 자그만 나무문이 나왔다.

끼익—

기름칠을 하지 않았는지 두꺼운 나무문은 삐거덕 소리를 만들었다.

"오셨습니까?"

문 너머에는 상당한 크기의 사무실이 존재하고 있었다.

파티션이 공간을 몇 개로 나눴고, 파트별로 십여 명의 인물들이 서류에 파묻혀 있었다.

비형랑은 익숙한 발놀림으로 비희를 따라 개인 사무실로 들어갔다.

"커피?"

비희는 소파에 앉으며 물었다.

"예."

비희는 인터폰을 눌러 커피 두 잔을 시켰다.

잠시 후, 찢어진 민소매 나시에 청바지를 입은, 양팔과 목에 화려한 문신을 한 여자가 쟁반에 두 잔의 커피를 가져와 내려놓았다.

"여긴 여전하군요."

"닥쳐라."

비형랑의 말에 문신이 가득한 여자가 눈을 부라린 후 밖으로 나갔다.

"마셔."

"예."

둘은 잠시 아무 말 없이 커피 향을 느꼈다.

"안 궁금하십니까?"

비형랑이 커피 잔을 내려놓으며 물었다.

"궁금하지. 궁금하니까 자네에게 바로 오라 한 거 아니겠나?"

"누굽니까?"

"그게 왜 궁금하지?"

"하아—."

비형랑은 짧은 한숨을 내쉬었다.

"백호. 혹시 천외천의 피를 타고 났습니까?"

"……."

비희는 알 듯 모를 듯 미소를 지었다.

"엄청나더군요. 고전했지만 후를 단숨에 죽여 버리더군요."

"후? 그렇군."

비희는 커피를 마시며 고개를 주억였다.

"천외천에 발을 걸친 놈이었습니다. 그런 후를 홀로 죽였습니다."

"고전했다며?"

비희의 물음에 비형랑은 고개를 저었다.

"묘선이를 이용하더군요."

"묘선이?"

묘두사 묘선.

"그 아이에게 치료의 힘이 있었지."

"그걸 알아차리고는 적극적으로 이용했습니다."

"그래도 쉽지 않았을 텐데, 후의 독과 불이. 어떻게 죽이던가?"

"……그게."

비형랑은 말을 잇지 못하고 미간을 찡그렸다.

"후를 터트려 죽였습니다."

"터트려? 어떻게?"

"사실 자세히 보지 못했습니다."

"천개의 눈을 가졌다는 네가?"

귀신을 이용해 전장을 살피며 지원하는 비형랑이 싸움을 보지 못했다?

"살다 보니 재미난 소리를 다 듣는군."

"그 녀석은 선천적으로 귀신과 상극인 존재입니다. 하물며 제 명에 그를 도와주려던 길달도 다가가기 힘들다고 하더군요."

"흠."

비희는 커피잔을 잠시 내려다보며 생각에 잠겼다. 이어 비희의 입꼬리가 만족스럽게 말려 올라갔다.

"노린 것인지 우연인지 교묘하게 시선이 차단되어 정확한 움직임을 보지 못했습니다."

"그래?"

대답은 반문이었지만 비희는 고개를 끄덕였다.

"묘선이가 그 모습을 보았습니다만."

"……?"

"입을 열지 않습니다."

비희의 눈동자가 동공 속에서 번뜩였다.

'고독이로군.'

툭툭.

비희는 팔걸이를 손가락을 두들겼다.

그 싸움에서도 진신을 드러내지 않았다. 거기에 고독이
라.

'녀석.'

고독이 필요하다기에 여유롭게 줬더니 이런 식으로 자신
을 감췄다.

영리하다 해야 하나 아니면 영악하다 해야 하나.

'신중함과 찰나의 영민함은 칭찬해줄 만하군.'

비희는 씨익 웃으며 커피잔을 들었다.

*   *   *

"제가 이곳에 온 걸 비형랑 오라버니가 알고 있어요."

"그래서?"

박현은 다시 등받이에 몸을 기대며 물었다.

"제게 무슨 일이 있으면 당신 목숨도 내놔야 할 거예요."

"그렇군."

"……?"

너무나도 평온한 대답에 묘두사, 묘선이 얼굴을 찡그렸
다.

"왜, 그런 말을 하면 본인이 무서워할 줄 알았나?"

묘선은 입술을 지그시 깨물었다.

"도, 도대체 제게 뭘 바라는 건가요?"

"그날 보았던 본인의 모습. 머릿속에서 지워."

"지울게요."

"그래, 그거면 돼."

"네? 고작……."

묘선은 말을 하다가 입을 꾹 닫았다.

그녀의 입술이 파르르 떨렸다.

앞에 앉아 있는 이는 백호다.

천외천의 힘을 타고 났다는 신성한 호랑이.

그러나 그날 그가 보인 모습은 두 개의 뿔을 가진 거대한 몸, 백우.

백호가 백우로 변신했다.

또한 단순한 변신만이 아니었다.

"다, 당신은 누구죠?"

"이름은 알고 있지 않나? 암호. 그게 내 이름이지."

"아니, 그걸 말하는 게 아니잖아요."

"스스스스—."

박현의 눈동자가 뱀의 것으로 바뀌었다.

"알고 싶나?"

"……!"

뱀의 눈.

묘두사, 그녀 또한 뱀의 일부이기에 박현의 눈동자만으로도 뱀의 모습을 찾을 수 있었다.

"알면 넌 죽어야 하는데."

박현의 얼굴에 검은 무늬를 담은 새하얀 비늘이 만들어지기 시작했다.

"그래도 알고 싶어?"

박현은 혀로 입술을 핥으며 물었다.

묘두사는 마른 침을 꿀떡 삼키며 고개를 저었다.

"묘두사."

박현은 부드럽게 그녀를 불렀다.

"좋은 타협점이 있는데."

"뭐, 뭔가요?"

"내 밑에서 일 좀 해보지 않겠나?"

박현이 씨익 웃었다.

*　　　*　　　*

"비형아."

비희는 커피잔을 내려놓으며 비형랑을 쳐다보았다.

"네."

"네 나이가 몇이지?"

"잊을 만큼 세월이 흘렀지요."

비형랑은 비희를 향해 고개를 숙였다.

"반인반신이 될 수 있게 도와주셔서 감사합니다."

"인사받으려고 물은 게 아니야."

"압니다."

"우리가 만난 지 얼마나 오래되었지?"

"그것도 잊을 만큼 세월이 흘렀습니다."

"만약에 말이야."

비희는 비형랑의 눈을 지그시 쳐다보았다.

"말씀하십시오."

"너보고 그의 곁에서 도우라 하면 돕겠나?"

비형랑의 눈가가 순간 굳어졌다.

"명령이십니까?"

"명령은 무슨."

비희는 고개를 슬쩍 저었다.

"그 누가 비희 님의 명을 거절할 수 있겠습니까?"

"명이 아니래두."

"……."

비형랑은 잠시 말없이 비희를 쳐다보다가 입을 열었다.

"고민을 해보겠습니다."

"그냥 한 말이니 너무 신경 쓸 건 없어."

"그런데 그가 누구길래 그렇게 신경을 쓰시는 건지요?"

비희는 진지하게 물었다.

그만큼 궁금했다.

"궁금해?"

비희가 장난기 어린 표정을 지었다.

비형랑은 고개를 끄덕였다.

탁탁.

비희는 의자 팔걸이를 손바닥으로 두어 번 내려쳤다.

"이 자리 주인."

비형랑은 너무 놀라 눈을 번쩍 떴다.

*　　　*　　　*

묘두사는 박현의 제안에 답을 주지 않고 싸늘하게 노려본 후 그 자리를 박차고 나갔다.

톡톡.

박현은 손가락으로 팔걸이를 두들기며 그녀가 떠난 자리를 잠시 쳐다보았다.

"쯧."

박현은 못마땅한 듯 혀를 슬쩍 찼다.

그녀의 행동이 그러하다는 건 아니다.

자신이다.

아무리 급급했다지만 방법이 세련되지 못했다. 좀 더 부드럽게 움직였어야 했는데.

'흑기가 문제야, 흑기가.'

흑기만 튀어나오면 감정 조절이 힘들었다.

힘은 더할 나위 없이 강하지만, 그에 비례해 자그만 자극에도 감정이 쉽게 널뛰는 게 문제였다.

'이건 뭐 지킬 앤 하이드도 아니고.'

박현은 피식 웃음을 삼켰다.

"아버지는 어떤 분이셨습니까? 그분도 저처럼 감정을 다스리지 못하셨는지요?"

박현이 비희에게 물었다.

"아버지?"

"아버지야 언제나 고요하셨지."

이문이 대답해 주었었다.

"태풍의 눈처럼."

태풍의 눈은 공기의 움직임마저 들을 수 있지 않을까 싶을 정도로 고요하다. 하지만 단순히 고요함을 말하기 위해 태풍의 눈이라는 말을 사용하지는 않았을 터.

태풍의 눈을 벗어나면 세상의 모든 것을 파괴하는 무시무시한 거센 바람이 휘몰아친다.

'태풍의 눈이라.'

"그런데 그건 왜?"

비희가 박현을 빤히 쳐다보며 물었다.

"흑기 때문입니다."

"흑기?"

"흑기는 위험한 순간 제게 확실한 힘을 주지만, 뭐라고 해야 하나. 광전사가 되는 듯한 느낌이라고 할까요? 감정을 다스리기 어렵습니다."

박현의 말에 비희와 이문은 각자 팔짱을 끼거나 턱을 쓰다듬으며 생각에 잠기는 모습이었다.

"확실히 흑기를 두른 아버지는 악의 화신이라고 해도 수긍이 될 정도로 무서웠지."

"하긴 조금이라도 자신에게 반하는 이들은 모조리 죽였으니까."

"막내야."

이문이 히죽 웃으며 박현을 불렀다.

"예, 둘째 형님."

"그거 아냐?"

"……?"

"세상에 알려진 선악의 두 용이 있다."

"백룡과 흑룡 말씀이십니까?"

"그래. 그런데 말이야."

이문이 표정이 얄궂게 변했다.

"선의 백룡과 악의 흑룡, 그 두 모습이 사실은 모두 아버지의 모습이란다."

"……!"

박현의 눈이 부릅떠졌다.

"일본의 뇌신과 풍신은……."

둘의 진신이 백룡과 흑룡이라 들었었다.

"용은 무슨."

조용히 듣고 있던 폐안이 이죽거렸다.

"뱀새끼들이 아버지 흉내를 내는 거지."

"그건 그렇고. 흑기 때문에 고생이라고?"

비희가 박현의 고민을 다시 상기시켰다.

"뭘 걱정하고그래. 너는 아버지의 유일한 적자야. 너 꼴리는 대로 해."

애자가 박현의 뺨에 손을 가져갔다.

"우리가 있다. 그러니 마음껏 활개 쳐도 돼."

탁—

박현은 무심하게 그녀의 손을 쳐냈다.

"이게 진짜! 막내가 귀여운 맛이 없어."

"시끄럽다."

비희의 말에 애자가 혀를 날름 내밀었다.

"나도 정확히 알지 못해 명확한 답을 내어줄 수는 없다만. 아마도 아직 네가 아버지의 힘을 온전히 잇지 못해서 그런 거 같구나."

돌고 돌아 다시 불온전함이었다.

불온전함이 흑기의 불온전함을 더욱 불온전하게 만드는 것이었다.

"어서 아버지의 피를 드러내도록 하여라. 그러면 모든 것이 해결될 터이니."

"예."

"그리고, 너는 아버지의 적자다. 그리고 너의 뒤에 우리가 있다. 봉황과 적대하게 되어도 괜찮다. 오로지 앞만 보고 가거라."

"흠."

박현은 잠시 짧은 회상에서 벗어나며 침음을 흘렸다.

'형제들의 정체가 무엇이기에.'

봉황을 거리낌 없이 거론할 정도면.

짐작이 가는 바가 있었지만 확실하지는 않았다.

'일단 용이 되자.'

앞만 보고 움직일 생각이었다.

그런 박현의 생각은 다시 돌고 돌아 골든 엑스 팀으로 되돌아갔다.

묘두사, 그리고.

'비형랑이라.'

설화 속의 인물인지, 아니면 그 후예인지 모를 그.

그와 그의 팀이 탐났다.

'가지지 못하면 부숴.'

애자의 말이 떠오르자 박현은 피식 웃음을 삼키며 고개를 절레절레 저었다.

힘을 가진 자의 생각, 그리고 여유.

지금 이 모든 고민이 다 자신이 힘이 충분치 못하기 때문이었다.

'일단 이걸로 끈은 달아났으니, 천천히 생각해 봐야겠군.'

박현은 자리에서 일어나 옆방으로 들어갔다.

이선화가 소파에 몸을 웅크린 채 앉아있었다. 그녀는 고개를 살짝 들어 박현을 쳐다본 후 안도의 눈빛을 발하며 다시 두 무릎 사이로 얼굴을 파묻었다.

스스스—

그녀가 알아듣기 힘들 정도로 자그만 목소리로 중얼거리자 잠시 후 귀신 둘이 날아와 그녀의 몸으로 스며들었다.

"알아봤나?"

"……네."

이선화는 힘없는 목소리로 대답했다.

"하기 싫은가?"

"아, 아뇨."

박현의 질문에 이선화가 손사래를 치며 대답했지만, 그녀의 얼굴은 여전히 불편함이 지워지지 않은 채였다.

"괜찮아요. 다만……."

"이해해."

박현은 이선화를 지그시 바라보았다.

"하지만. 지금은 너만 생각해. 네가 살 수 있고, 너의 어머니가 살 수 있는 길은 오로지 나뿐이야."

이선화는 박현의 눈빛에 시선을 슬쩍 피했다.

"왜? 본인이 나빠 보이나?"

"그, 그건……."

"하지만 이것만 알아둬."

이선화가 다시 그를 쳐다보았다.

"본인 역시 그대와 같다는 걸."

"네?"

"그대에게 본인이 어떻게 보일지 몰라도, 본인 역시 살아남기 위해 몸부림치는 거야."

"혀, 현 님께서요? 살아남기 위해?"

"본인의 목이 생각보다 간당간당하거든."

"무슨 일인지 물어봐도…….."

이선화의 질문에 박현은 고개를 저었다.

"그대가 본인의 팀원이기는 하지만 아직 본인의 사람은 아니야. 신뢰가 쌓인다면 그때 이야기해 주지."

이선화의 시선에 박현이 그녀의 눈을 직시하며 입을 다시 열었다.

"그대도 일단 살아남는 것부터 생각해. 본인이 그대를 이용하듯 그대도 본인을 이용해. 일단 우리의 사이는 그렇게 시작하자고."

"…알았어요."

이선화는 뭔가 생각에 잠기는 듯싶더니 고개를 끄덕였다.

"자, 알아본 건?"

박현이 분위기를 환기시키며 본론으로 들어갔다.

"묘두사는 이곳을 나가자마자 비형랑 오라……버니를 만났어요."

이선화는 박현의 눈치를 슬쩍 살폈다.

"괜찮아. 그대와 비형랑 사이에 있었던 일은 대략 들은 바가 있으니까."

"함께 온 것과 마찬가지로 묘두사 언니는 비형랑 오라버니와 다시 만났어요."

"그렇군. 그리고?"

"비형랑 오라버니는 대략 한 시간가량 풍점에 들렀어요."

"풍점?"

박현의 눈매가 가늘어졌다.

"자세한 건?"

박현의 물음에 이선화는 고개를 저었다.

"풍점, 그 안에 엄청난 기운이 잠자고 있어요. 그나마 귀신을 달래서 겨우 외곽에서 살핀 게 다예요."

"풍점이라."

풍점의 주인은 비희.

비형랑이 비희를 만났다?

'아마도 본인 때문이겠지.'

박현은 비희를 떠올렸다.

이어 그의 형제들을 떠올렸다.

아직은 말해주지 않은 그들의 신분.

왠지 알 것 같았다.

'때가 되면 알려주마.'

비희가 했던 말.
'그 답을 듣지요, 지금.'
앞만 보고 나아감에 있어 걸리는 단 하나.
형제.
그들의 눈빛에서 애정을 느낄 수 있으나, 그게 완전한 신
뢰는 아니었다. 박현은 자리에서 일어났다.

*   *   *

암전 사거리에서 비형랑과 묘두사가 만났다.
"잘 안 된 모양이네."
비형랑은 독기가 바싹 오른 묘두사를 보며 이죽거렸다.
"닥쳐."
묘두사는 비형랑을 향해 날을 세웠다.
"뭐가 있는 건 알겠는데, 뭔데 그래?"
비형랑은 날 선 그녀의 모습에 생각 이상으로 심상치 않
음을 느낀 듯 착 가라앉은 목소리로 물었다.

"말 못 하니까 그냥 닥쳐."

묘두사의 말에 비형랑의 눈빛이 반짝였다.

'말을 안 하는 게 아니라 못한다?'

못한다.

못한다.

하지만 사고에 이상이 없으니 최면은 아니었다.

비형랑은 고개를 돌려 5층 암전 백화점을 올려다보았다. 눈은 건물 외부로 향했지만 머릿속은 풍점을 바라보고 있었다.

못 구하는 게 없는 만물상, 풍점.

비형랑은 고개를 돌려 묘두사를 쳐다보았다.

그리고는 손을 뻗어 오른쪽 가슴을 덥썩 움켜잡았다.

"뭐하……. 짜증나게."

묘두사는 노기를 터트리려다가 신중한 표정의 비형랑의 얼굴을 보자 그의 팔을 툭 쳐냈다.

'고독인가?'

마지막 어투와 표정이 미묘했다.

뭔가 아슬아슬하게 줄을 타는 느낌이랄까?

"흠."

비형랑은 미간을 찌푸리며 확신했다.

고독임을.

그는 묘두사를 쳐다보다 다시 백화점으로 고개를 돌렸다.

'음?'

그런 그의 눈에 백화점 너머로 사라지는 한 마리 귀신이 눈에 들어왔다.

'선화?'

비형랑의 표정이 일그러졌다.

묘두사에 이선화까지.

'이 새끼가, 나를 가지고 놀아?'

비형랑의 몸에서 진득한 살기가 피어났다.

"갑자기 어딜 가?"

갑자기 발걸음을 옮기는 비형랑을 묘두사가 불렀다.

"야! 야!"

묘두사가 그를 불렀지만 그의 걸음은 멈추지 않았다.

*　　　*　　　*

쾅!

사무실 문이 부서질 것처럼 열리며 비형랑이 안으로 들어왔다.

그리고 때마침 밖으로 나가려던 박현과 마주쳤다.

"야! 너 왜 여기……."

뒤늦게 그를 말리며 뛰어 들어오는 묘두사가 보였다.

박현은 비형랑 어깨 뒤로 보이는 묘두사를 보며 입꼬리를 말아 올려 보았다. 그 미소에 묘두사의 표정이 급격히 어두워졌다.

박현은 다시 비형랑을 쳐다보았다.

그의 표정을 보니 자신과 묘두사 사이의 일을 대략 알아차린 모양이었다.

'생각보다 끈이 일찍 이어졌군.'

"내 비희 님께 받은 은혜가 크고, 네가 그분의 후계자라 하나."

비형랑의 말에 박현의 눈빛이 번뜩였다가 착 가라앉았다.

조각 하나를 찾았다.

박현의 입가에 미소가 슬쩍 지어졌다.

"내 알 바 아니고."

박현은 미소를 지웠다.

번뜩이는 생각 하나가 머릿속을 스쳐 지나갔다.

"뭘 그렇게 뜸을 들이나?"

박현이 비형랑을 향해 조금 다가갔다.

"뭐?"

"대충 눈치챈 거 같은데."

"……"

비형랑의 눈빛이 서늘하게 가라앉았다.

"내기 하나 할까?"

박현의 제안에 비형랑의 눈매가 가늘어졌다.

"소원 하나 들어주기, 어때?"

"……."

"그대가 이기면 묘두사의 고독을 없앨 수 있어."

"네놈이 이기면?"

비형랑이 물었다.

'뭘 물어? 네놈이지.'

그런 생각을 숨기며 박현은 어깨를 으쓱 들어올리며 그를 도발했다.

"그게 중요한가? 중요한 건 그대의 사람이 내 손에 있다는 거지. 안 그런가?"

박현이 씨익 웃었다.

"이 새끼 죽고 싶냐?"

비형랑이 바투 다가서며 살기를 터트렸다.

"내기 하나에 목숨이라. 소원이 좀 더 커지겠는데."

박현은 그 살기에 맞춰 신력을 터트렸다.

11장

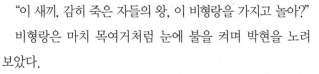

"이 새끼, 감히 죽은 자들의 왕, 이 비형랑을 가지고 놀아?"

비형랑은 마치 목여거처럼 눈에 불을 켜며 박현을 노려보았다.

"내 기필코 너를 길달처럼 천년만년 시종으로 부리겠다."

비형랑의 눈동자가 새하얀 귀안(鬼眼)으로 바뀌었다.

"그거 좋은 생각이야."

박현은 이죽대며 비형랑의 속을 살살 긁었다.

하지만 박현의 눈빛은 차가웠고, 냉정함을 잃고 있지 않았다. 그리고 비형랑은 꼭지가 돌았는지 그런 박현의 눈빛을 보지 못했다.

하지만 묘두사는 그 눈빛을 보았다.

"비형."

묘두사가 그를 말리려 했지만 그런 그녀의 바람은 그에게 닿지 못했다.

"길달!"

귀력이 폭발하며 머리까지 휘날리는 비형랑이 길달을 불러냈다.

쿠웅!

그의 옆에서 검은 원이 만들어지더니 거구의 사내, 아니 귀신 도깨비인 길달이 모습을 드러냈다.

"저 새끼, 당장 내 앞에 무릎을 꿇려!"

길달은 신력을 휘감고 있는 박현을 잠시 쳐다보며 작게 고개를 끄덕였다.

"그러지."

길달은 마뜩잖은 목소리로 대답하며 박현을 쳐다보았다. 무표정 속에 그는 저릿저릿한 투기를 폭사했다.

도깨비 왕이라 불리는 길달.

도깨비의 왕이라 불린다?

천신의 끝자락에 닿은 서기원이 있는데.

박현은 코웃음을 쳤다.

"여기서 싸울 건가?"

"인제 와서 쫄리나?"

"아니, 여기 있는 집기 말이야."

"뭐가 이리 말이 많아?"

"다 새 거야. 부서지면 아까운데."

너무나도 당연하다는 듯한 말에 순간 비형랑이 움찔거리며 사무실 안 집기들을 쳐다보았다.

"부서진 건 물어줘야 한다."

"이!"

"물어주는 거다. 오케이?"

비형랑이 뺨을 파르르 떨며 뭐라 말을 하려는 그때, 박현이 울음을 터트리며 백호의 진신을 드러냈다.

"크하아아아아앙!"

"흐아앗!"

그 울음에 길달도 일갈을 터트리며 박현을 향해 주먹을 날렸다.

쾅! 쾅! 쾅!

둘의 주먹이 허공에서 부딪혔다.

주먹이 만들어낸 공방은 누가 우위라고 할 수 없을 정도로 막상막하였다.

길달의 주먹이 박현의 머리를 후려치자 충격에 휘청였고, 박현의 주먹이 길달의 배에 꽂히자 숨이 턱 막히는지

'꺼억.' 하고 배를 새우 모양으로 숙였다.

퍽!

박현은 휘청이는 와중에도 길달의 허벅지로 로우킥을 날렸다.

퍼억!

길달은 로우킥에 하체가 흔들렸지만 박현의 얼굴을 향해 주먹을 내질렀다.

퍼어억!

그 일격에 박현의 머리가 뒤로 꺾이며 두어 걸음 밀려났다.

"크르르."

박현은 무릎을 잡고 일어나는 길달을 향해 뾰족한 이빨을 드러내며 낮게 울음을 터트렸다.

"크핫!"

길달은 조금도 지체 없이 박현을 향해 달려들었다.

그 순간 박현의 눈동자가 반짝였다.

로우킥으로 길달의 자리가 왼쪽으로 살짝 치우쳐지며 비형랑으로 향하는 길이 만들어졌기 때문이었다. 그 순간 박현의 입가에 비릿한 미소가 지어졌다가 사라졌다.

"크하앙!"

박현은 다가오는 길달을 향해 울음을 터트리며 신형을 낮춰 그의 다리로 태클을 걸어갔다.

"흐앗!"

길달은 낮게 몸을 깔고 달려드는 박현의 모습에 다리를 굳건히 만들며 양손을 깍지를 끼고 머리 위로 들어 올렸다.

후우욱!

박현이 품에 파고드는 순간 길달은 깍지 낀 양손을 힘껏 내려찍었다.

"……!"

그러나 바위라도 부숴버릴 것만 같은 무지막지한 길달의 주먹은 허망하리만큼 허공만 가르고 말았다. 동시에 길달의 눈이 부릅떠졌다.

낮게 깔린 박현의 신형이 상식을 벗어날 정도로 바닥을 기는 듯 더욱 낮아진 것이었다.

스하악—

백호에서 어느새 백사로 모습을 탈바꿈한 박현은 길달의 다리 사이를 지나 비형랑을 덮쳤다.

"뭐, 뭐야!"

비형랑은 섬뜩한 박현의 모습에 눈을 부릅떴다.

믿기 어려운 모습.

박현은 분명 백호였다.

그런데 지금 보이는 모습은, 백사.

아니 반인반사.

"귀신들의 왕, 비형랑이 명하노니, 모든 귀신들은 저놈을 제압하라!"

비형랑의 눈에 귀광이 깃듦과 동시에 귀성이 터졌다.

스하아아아—

『낄낄낄낄!』

『끼히히히히!』

비형랑 주변으로 스물이 훌쩍 넘는 귀신들이 모습을 드러내며 박현을 향해 달려들었다.

하지만.

박현의 움직임이 더욱 빨랐다.

단숨에 비형랑의 몸통을 한 바퀴 반 감싼 박현은 완벽하게 비형랑의 등을 점했다.

우드득!

"흐읍!"

박현이 백사의 몸통으로 비형랑의 몸을 쥐어짜자 뼈가 뒤틀리는 소리와 함께 비형랑의 신음이 튀어나왔다.

『죽자! 죽자! 이히히, 나와 같은 세상에서 살자꾸나!』

『네놈을 죽여 혼백의 맛을 봐야겠구나!』

귀신들이 아귀처럼 박현에게 달라붙어 깨물고 할퀴며 박현의 몸에 상처를 만들어냈다.

박현은 고통에 눈살을 찌푸리며 비형랑의 뒷목을 움켜잡

았다.

"끄으!"

뒷목을 잡은 박현의 손톱이 날카롭게 자라며 비형랑의 살갗을 파고들었다. 이어 날카롭게 자란 손톱이 검게 물들기 시작했다.

독.

거무스름한 기운이 슬쩍 풀어지며 독이 비형랑의 몸으로 스며들었다.

"꺼억!"

독 기운이 단숨에 비형랑의 머리를 잠식하자 그는 눈을 슬쩍 뒤집으며 몸을 파르르 떨었다.

『죽고 싶지 않으면 물러.』

"스으으!"

박현은 뱀 특유의 소리를 흘리며 속삭였다.

"조까!"

비형랑의 말은 거침이 없는 게 아니라 거칠었다.

『내가 바라던 말이야. 크크.』

서걱!

박현은 비형랑의 뒷목을 할퀴듯 살점을 뜯어내는 동시에 비형랑의 몸을 더욱 강하게 쥐어틀었다.

투둑— 투둑!

서서히 그의 몸을 더욱 에워 감싸자 비형랑의 몸이 더욱 쪼그라들며 다시 뼈가 꺾이는 소리가 만들어졌다. 그렇게 박현은 비형랑 앞으로 얼굴을 내밀 수 있었다.

비형랑은 비록 비명을 입 밖으로 내뱉지는 않았지만 꽤나 고통스러웠던지 턱이 덜덜 떨리고 있었다. 그리고 얼굴은 독에 의해 창백하기 그지없었다.

"……죽여버리겠어."

비형랑의 말에 귀신들은 다시 박현에게로 개떼처럼 달려들었다.

그 고통은 마치 수천 마리의 개미 떼에 물리는 느낌이었다.

지독한 고통에 머리카락이 쭈뼛쭈뼛 섰지만 박현의 입가에는 그만큼 더욱 진한 미소가 지어졌다.

콱!

박현은 엄지손가락으로 비형랑의 눈 바로 아래를 찔렀다.

눈동자 바로 아래에서 피가 주르르 흘러내렸다. 하지만 시간이 흐르면서 선홍빛 피는 검붉은 색으로 변해 갔다.

끄극—

박현은 손톱을 좀 더 눈으로 향해 밀어 올렸다.

『일단 눈부터 뽑아볼까?』

"묘두사!"

비형랑은 의지를 꺾지 않고 묘두사를 불렀다.

『크크크.』

그러나 묘두사의 몸에는 고독이 심어져 있었다. 아차 싶은 비형랑은 길달을 다시금 불렀다.

그 부름에 길달이 박현 쪽으로 성큼성큼 다가왔다.

『지독한 맹약으로 묶여 있던데, 이 녀석이 죽으면 어찌 되지?』

박현은 고개를 돌려 길달을 향해 물음을 던졌다.

"나는 무(無)로 돌아가지. 아니 저승으로 돌아가나?"

길달은 고개를 잠시 갸웃거렸지만 아무렴 어떠냐 싶은 표정을 지어 보였다.

『죽여줄까?』

"……, 낄낄낄."

길달은 시선을 비형랑에게로 옮기더니 낄낄 웃음을 내뱉었다.

"죽여, 죽여라! 그럼 맹약을 풀어주마."

"푸하하하하하!"

비형랑의 단호한 명령에 길달은 대소를 터트렸다.

"곧 죽어도 족쇄는 풀지 않는군."

길달은 이죽거리며 입을 열었다.

"어차피 우리는 다시 만나게 되어 있다. 네놈이 죽으면 저승에서. 그러니 죽어."

길달 앞에 검은 원이 생겼다.

"당장 죽이지 못해! 족쇄도 풀어주마."

비형랑의 목소리에 다급함이 생겼다.

"너의 꾐에 넘어가 맹약에 의해 너를 도울 뿐, 우리는 명령을 주고받는 사이가 아니다. 그리고 너의 간교함을 내 어찌 믿을까. 낄낄낄. 저승에서 보자. 오랜 나의 친우이자 원수인 비형이여."

길달은 그 순간 검은 원 안으로 사라졌다.

『그렇다는데.』

박현은 비형랑에게 속삭이며 손을 눈동자로 밀어 넣었다.

"끄으! 져, 졌다! 졌다!"

비형랑은 재빨리 항복했다.

『나의 소원은…….』

박현은 품에서 자그만 목함을 꺼내들었다.

『고독을 먹어주는 거?』

비형랑의 눈동자가 파르르 떨렸다.

『고독의 수명이 십수 년이니…… 계약 기간도 그리 길지 않잖아. 길달에 비하면. 안 그래?』

박현은 속삭였다.

죽는 거보다는 좋지 아니한가, 라고.

＊　　　＊　　　＊

비희는 박현 뒤에 오만 인상을 찌푸린 채 서 있는 비형랑을 힐긋 쳐다보았다.

"둘이 이렇게 같이 다닐 정도로 친했던가?"

당연히 아니라는 걸 안다.

비형랑은 불과 한 시간 전쯤 전에 자신과 있었으니까.

또한 아물지 않은 상처.

급히 이면의 힘으로 치료를 한 듯했지만, 여전히 지워지지 않은 상처의 흔적들.

비희는 재미난 표정을 지으며 좀처럼 이해할 수 없는 장면을 쳐다보았다.

"친합니다."

"친해?"

박현의 말에 비희가 눈가에 묘한 눈주름을 그렸다.

"적어도 십수 년은 떨어지지 않을 만큼이요."

십수 년.

고독.

"뭐?"

놀란 듯 비희의 눈동자가 살짝 커졌다.

"그렇지?"

박현은 고개를 돌려 비형랑을 향해 싱긋 웃으며 물었다.

"……어."

마지못해 하는 대답.

그럼에도 박현은 더욱 환한 웃음을 지었다.

"푸하하하하하!"

그 모습에 비희는 대소를 터트렸다.

"재미나게 쓰는구나."

"저는 안 재미있습니다."

"……?"

"아직 제가 부족하니까 쓰는 겁니다."

"흠."

"쓸 수 있는 건 다 써야죠."

쓸쓸함이 잠시 얼굴에 묻어나오는가 싶더니 이내 담담한 미소를 드러냈다.

"그래서 말입니다, 큰형님."

박현이 부른 호칭에 뒤에서 구시렁거리며 잡생각을 하고 있던 비형랑의 눈이 살짝 커졌다.

그러거나 말거나.

"이제 앞만 보고 나가보려 합니다."

"좋은 생각이다."

"그래서 묻고 싶습니다."

"말해."

"저 문 뒤에 뭐가 있습니까?"

박현은 비밀 사무실로 향하는 뒷문을 가리키며 물었다.

비희의 눈매가 굳어졌다.

이내 그의 눈은 비형랑으로 향했다.

말해 줬냐는 의미.

비형랑은 고개를 저었다.

"제가 말입니다, 큰형님."

"그래."

"친할머니에게도 뒤통수를 제대로 까여서 말이죠."

"나를 못 믿는 게냐?"

"믿죠. 하지만 더 믿고 싶을 뿐입니다."

"더 믿고 싶다?"

"찜찜함을 뒤에 남겨두면 제대로 달릴 수 없지 않습니까?"

"그래서?"

비희의 표정이 진중해졌다.

"찜찜함을 털고 싶습니다."

"……."

"큰형님, 그리고 우리 형제. 진짜 정체가 뭔가요?"

박현의 눈빛 또한 한없이 진중했다.

"녀석."

비희는 턱을 슬쩍 쓰다듬으며 박현을 쳐다보았다.

"제법이야."

"……?"

"형제를 의심하다니."

"……그런 뜻은 아닙니다."

"내 말을 곡해해 들었군."

비희는 좀 더 친근하게 박현에게로 몸을 가져갔다.

"막내야."

"예, 큰형님."

"네가 우리에게 뭐라고 했지?"

"……막내이자."

박현은 뒷말을 차마 입 밖으로 내뱉지는 않았다.

그러기에는 뭔가 조금 불편했으니까.

"우리의 주군이지."

비희는 어색함이 묻어나오는 박현을 보며 미소를 짓고는
입을 다시 열었다.

"너는 제왕이 되어야 한다."

"생각하시는 것보다 제 그릇은 그다지 크지 않습니다."

포용력도 크지 않고, 넉넉한 마음도 없다.

"그릇이 크지 않아도 된다."

"네?"

"그릇이 큰 성군이든 날카롭게 모난 그릇의 폭군이든 그
릇이 얇은 암군이든……."

비희가 입꼬리를 말아올렸다.

"제왕이 되면 아무 상관이 없으니까."

"……?"

"무릎을 꿇은 이들은 그 그릇을 보지 않으니까. 아니 정
확히는 보지 못하니까. 그래서 제왕인 거다."

박현의 굳어진 표정은 풀리지 않았다.

"넌 제왕이 되면 된다. 우리가 너를 그리 만들 거다."

비희는 손을 뻗어 박현의 머리카락을 슬쩍 흩트렸다.

"큰형님."

"왜?"

박현은 그런 그를 보며 씨익 웃음을 지었다.

"아직 말씀 안 해주셨습니다."

"뭘?"

박현은 고개로 뒷문을 가리켰다.

"응? 하하하하하하!"

비희는 잠시 눈을 껌뻑이더니 웃음을 터트렸다.

"대충 알고 온 거지?"

"네."

"그럼 일단은 대충만 알고 있어."

"……?"

"선물은 미리 알면 재미없다."

박현은 고개를 끄덕였다.

"사무실은 나중에 구경시켜 주지."

"언제쯤이면 볼 수 있을까요?"

"자격이 되었다 싶으면 다시 찾아와."

"자격이라. 그러죠, 큰형님."

그 정도의 대답만으로도 충분했다.

일단은.

일단은 말이다.

*　　　　*　　　　*

다시 사무실.

아니 한바탕 싸움으로 아수라장이 된 사무실.

그곳에서 무사한 의자 두 개를 챙겨 박현과 비형랑이 마주 앉았다.

"너 뭐냐?"

비형랑이 시비조로 물었다.

"박현."

"야이, 씨! 지금 내가 그걸 묻는 게 아니잖아."

"아니었나?"

박현은 고개를 갸웃거렸다.

"미친놈이네, 이거."

"맞아."

비형랑의 이죽거림에 박현이 어깨를 으쓱 들어 보였다.

"물을 거면 제대로 물어. 앞뒤 다 자르지 말고."

박현은 습관적으로 사이드 테이블로 손을 뻗었다.

하지만 손에 걸리는 건 없었다.

왜냐.

다 부서졌으니까.

"일단 가구부터 사서 채워 놔라."

빠직.

비형랑의 이마에 힘줄이 돋아났다.

"앞으로 어떻게 할 거냐?"

비형랑은 이를 빠드득 갈며 물었다.

"그보다 누구인지 먼저 묻지 않았던가? 머리가 나쁘군."

이마에 힘줄 하나가 더 돋아났다.

"진짜 죽여버……, 꺽!"

비형랑은 무시무시한 살기를 내뿜다가 말고 갑자기 심장을 움켜잡았다.

"허어—, 진심인가 보네. 아이구, 무서워라."

"헉헉, 헉헉헉!"

조금 시간이 지나서야 비형랑은 이마에 송글송글 맺힌 식은땀을 소매로 훔치며 겨우 안정된 모습을 찾았다.

"여기, 물."

묘두사가 조용히 그의 등을 쓰다듬어 주며 물컵을 넘겼다.

비형랑은 시원하게 한 컵을 비운 후에도 한동안 말이 없었다.

"지랄, 지랄 맞은 젠장이로군."

비형랑은 주먹을 으스러지게 쥔 채 낮은 목소리로 욕을 내뱉으며 박현을 쳐다보다가 순간 움찔거리며 표정을 풀었다.

"진정되었나?"

"……그래."

비형랑의 목소리는 풀이 살짝 죽은 듯했지만 박현을 향한 신경질은 여전히 담겨 있었다.

"앞으로 오래 볼 사이인데, 가능하면 친하게 지내자고. 응?"

"닥쳐!"

비형랑은 가차 없이 박현의 제안을 거절했다.

"괜찮아, 괜찮아. 앞으로 우리에게는 시간이 참으로 많아, 그치?"

박현이 씨익 웃었고, 그 웃음에 비형랑의 뺨이 바르르 떨렸다.

"친구가 된 김에 본인에 대해 알려 주지."

"그래, 너는 누구지? 비희 님의 막내라니."

"큰형님에 대해서 아는 모양이지?"

"잘 알지. 나의 은인이시니까."

"그렇군."

"막내는 초도 님이야. 그런데 네가 막내라고?"

"맞아."

"용생구자가 아홉이 아닌 열이었다고? 열이면 용생구자가 아니야. 내 비록 비희 님의 형제를 다 보지는 못했지만, 그분의 형제가 아홉이야. 그런데 네가 막내라고?"

비형랑은 도저히 믿지 못하겠다는 표정이었다.

"너, 도체 뭐야?"

"막내이자 적자."

"적자?"

"적자의 뜻, 모르는 건 아니지?"

"……."

잠시 고민하던 비형랑이 눈을 부릅떴다.

적자(嫡子).

그리고 용이 되지 못한 아홉의 자식들, 용생구자.

'적자? 적자?'

적자에 담긴 의미, 그리고 잠시 잊고 있었지만 이해할 수 없었던 박현의 진신들.

이 모든 것을 떠올리자 비형랑의 눈이 부릅떠졌다.

"……용이었냐?"

"그래."

"……."

"어쭙잖은 색을 가지지 않은 태초의 용. 그게 본인이야."

"……!"

비형랑은 아무 말도 못 하고 멍하니 박현을 쳐다볼 뿐이었다.

"라고 형님들이 말씀을 해주시더군."

"젠장. 말이 안 나오는군."

비형랑은 얼굴을 찡그렸다.

쑤아악!

활짝 편 손바닥이 박현의 뒤통수로 날아왔다.

당연히 박현은 고개를 옆으로 젖혀 피했고.

"왜 누나는 빼! 이 망할 놈아!"

애자가 어느새 박현 뒤에 서 있었다.

"그놈의 망할은 좀 입에 안 달고 살면 안 됩니까?"

어디로 튈지 모르는 애자의 모습에 박현은 고개를 절레절레 저었다.

"그런데 너는 누구?"

애자는 비형랑을 보며 눈을 껌뻑였다.

"비형랑이라고 합……."

비형랑은 본 적 없는 애자를 보자 눈을 초롱초롱하게 뜨며 자리에서 일어났다. 그리고 그녀에게 자신을 소개하려는 그때였다.

"우리 막내 꼬봉이구나."

와그작, 비형랑의 얼굴이 일그러졌다.

하지만 그게 끝이 아니었다.

"우쭈쭈쭈, 고거 귀엽네."

애자는 비형랑의 양쪽 뺨을 쭉 잡아당기더니 주물럭거렸다.

"아, 어, 으―."

비형랑이 뭐라 말을 하려 했지만 애자의 화려한 손놀림에서 벗어나지 못했고, 결국 아무 말도 입 밖으로 꺼내지 못하고 다시 입을 닫아야 했다.

팡!

애자는 비형랑의 엉덩이를 툭 치고 나서야 그를 놔줬다.

"근데 사무실은 왜 이 모양이야?"

박현은 턱으로 비형랑을 가리켰다.

"쟤가 이래 만들었어요."

전형적인 덤터기.

"고뤠? 흐음~, 흐응~."

애자는 비형랑을 보며 묘한 신음을 흘렸다.

"잘생겨서 봐줬다."

하긴 비형랑이 매우 잘생기기는 했다.

"그런데 왜 오셨어요?"

"심심해서."

"……."

박현은 잠시 그녀를 바라보며 눈을 깜빡깜빡거렸다.

"누나가 심심하다고 해서 왔어. 방해된 건 아니지?"

데니안.

"나누던 말 계속해."

애자는 데니안의 팔짱을 끼며 그나마 멀쩡한 책상에 걸
터앉았다.

"……그러니까."

비형랑은 따가운 애자의 시선에 뒤통수가 뜨끈한지 연신
뒤를 신경 쓰는 눈치였다.

"그냥 말해. 없다 생각하고."

애자는 데니안의 품에 안겨 책상 위에서 다리를 흔들거리며 박현과 비형랑을 쳐다보고 있었다.

"자기."

애자는 멀뚱히 뒤에 서 있는 묘두사를 불렀다.

"네? 저, 저요?"

"다리 아프게 서 있지 말고 일로 와."

애자는 자신이 앉아 있는 책상 한켠을 손바닥으로 두들겼다.

묘두사가 어색하게 다가왔다.

"우리 언니도 막내 꼬봉?"

"뭐……."

애자는 뭐, 그냥 애자다.

박현은 고개를 저으며 비형랑과 이야기를 다시 나눴다.

"앞으로 어떻게 할 생각이야?"

"왜, 궁금해?"

"그럼 안 궁금하…… 냐?"

비형랑은 삐딱하게 대답하다가 갑자기 고개를 아주~ 아주 살짝 틀어 뒤를 힐끔거렸다.

"뭘 내 눈치를 보고 그래. 편하게 해, 편하게."

애자가 손을 휘휘 저으며 말했다.

"그나저나 우리 언니, 묘한 매력이 있네. 우리 언니 이름이 뭐야?"

박현은 애자에 대한 신경을 끄며 다시 비형랑과 대화에 집중했다.

"앞으로 뭘 할 거냐고 물었지?"

"······어."

비형랑은 연신 애자가 신경 쓰이는 모양이었다.

하긴 그녀의 목소리가 오죽 컸으니 말이다.

"아 쫌. 누님 조용히 좀 합시다. 이야기가 안 되잖아요."

"너, 이제는 누나 막 괄시하냐? 앙?"

"무슨 괄시까지나."

"그러다 나중에는 누나를 버리겠어요. 네?"

"잘 먹고 잘 사는 분이 무슨······."

"어흑. 달링~, 봤어? 막내가 날 버린대."

애자는 눈물을 글썽이며 애잔하게 데니안의 품으로 파고들었다.

"괜찮아. 내가 있잖아, 허니."

데니안은 애자의 등을 부드럽게 쓰다듬었다.

"하아—."

박현은 한숨을 내쉬며 다시 비형랑을 쳐다보았다.

비형랑의 입술이 씰룩거리고 있었다.

"재밌냐?"

"어. 뭔가 가슴이 시원해지는군."

"쯧."

박현은 애자를 슬쩍 노려보았다.

"그건 그렇고. 어디까지 이야기를 했지? 아아―, 뭔 말이 하나도 진행이 안 되냐."

박현은 고개를 절레절레 저으며 입을 열었다.

"기맥이 터지는 곳에 돈이 있다고 했지?"

"기맥? 마나 웨이브(Mana wave)를 말하는 건가?"

"그걸 마나 웨이브라고 하나?"

"보통 아시아에서는 기맥 파폭(氣脈 波爆)이라고 하지."

말을 하다 말고 비형랑이 고개를 갸웃거리더니 눈매를 가늘게 만들었다.

"거기에 뛰어들 참이냐?"

"못 뛰어들 이유라도 있나?"

"생각보다 만만찮은 곳이야. 용병계에서 온갖 죽음이란 죽음은 모조리 그곳에 몰려 있지."

"알다시피 본인은 죽음마저 넘어서야 하는 입장이야."

"젠장. 완전히 코가 꿰였군."

비형랑이 얼굴을 찌푸릴 정도로 기맥 파폭의 현장은 생각보다 위험한 곳인 것 같았다.

"그래서 좀 더 팀을 확실……."

"재미있겠다! 하자! 하자아—!"

애자.

그녀는 몸을 부르르 떨며 소리치더니 양팔을 번쩍 들며 깡충깡충 뛰어왔다.

"……자리 좀 옮길까?"

박현이 어색하게 말하며 자리에서 일어났다.

"그러자."

비형랑도 흥분에 찬 목소리를 들으며 뭔가 오싹한 느낌에 서둘러 자리에서 일어났다.

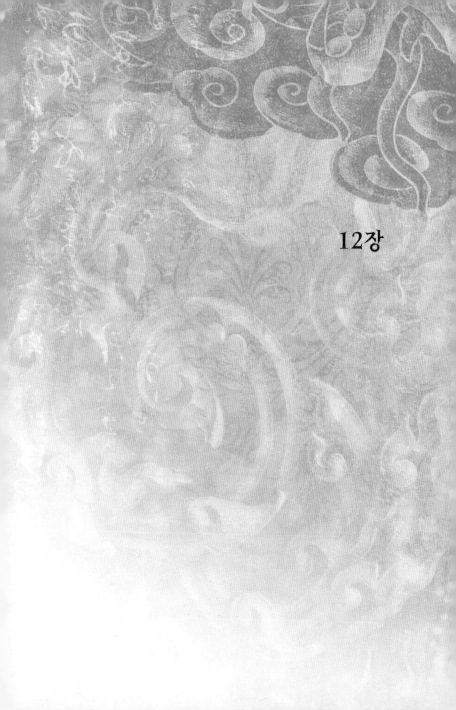

12장

다음날.

대별왕 신당.

마루방에 사내들이 옹기종기 모여 있었다.

"그래서 기맥 전쟁에 뛰어들겠다고?"

참여한 인물의 반은 죽어나간다는 기맥 파폭의 현장.

현세의 지옥도라 해도 과언이 아닐 정도로 피로 점철된 아귀다툼의 현장이었다.

"어."

"흠. 괜찮겠어야?"

서기원도 그답지 않게 무거운 목소리로 물었다.

"이대로는 죽도 밥도 안 돼. 위험해도 확실하게 성장할 수 있는 여건이 필요해."

"우리만으로 되겠습니까?"

호효상.

팀원이라고 해봐야 골통 삼인방, 호족 전사 다섯, 그리고 이선화가 다였다.

인물만 보면 어디 가서 밀릴 팀은 아니지만, 그렇다고 기맥 전쟁에 뛰어들기에는 어딘가 부족함이 있는 건 사실이었다. 기맥 파폭의 지옥에서는 악귀들이 득실거리니까.

"……저기, 형님."

망치 박이 시무룩한 얼굴로 손을 슬쩍 들었다.

"왜?"

"본문에서 복귀 안 하면 호적 파버린답니다."

"나무 관세음보살."

이승환과 당래불.

아무리 자유롭다 해도 셋은 소속 문파나 가문이 있었다.

소속을 벗어날 수는 없는 법.

"어쩔 수 없지."

그렇다고 해서 꼭 나쁜 것만은 아니었다.

"어영부영 빨리 돌아올 생각만 하지 말고, 본문에 복귀하면 수련해."

"수련 말씀이십니까?"

이승환이 눈을 반짝였다.

"돌아오면 안 보낸다. 그리고 이참에 확실히 말해두지. 본인에 대해서 대충 눈치챘지?"

박현은 굳이 자신에 대해 이야기해 주지 않았지만, 셋은 꽤 오랜 시간 함께하며 어렴풋이 박현에 대해 알고 있었다.

다만 서로 아는 체하지 않았을 뿐.

"본인은 용이다."

그러나 알고 있는 것과 직접 듣는 건 다르다.

망치 박과 이승환은 겨우 놀란 표정을 수습하며 고개를 끄덕였고, 당래불은 눈을 감으며 소리 없이 불호를 삼켰다.

"문제는 아직 잠룡이라는 거지."

백호, 백우, 백사…….

잠룡의 의미를 확실히 알아차렸다.

더불어 셋은 동시에 봉황과 봉황회를 떠올렸다.

"봉황을 생각하나?"

물음에 셋은 고개를 끄덕였다.

"이 사실을 알게 되면 봉황은 본인을 죽이려 들겠지. 이 땅에 두 개의 태양은 용납하지 않으니까."

"……."

"하지만 영원히 숨길 수는 없으니, 언젠가는 알게 되겠지."

"나무 관세음보살."

"어차피 숨길 수 없다면 먼저 칼을 뽑을 생각이다."

박현은 씨익 웃으며 말을 이었다.

"본격적으로 뛰어볼 참이야."

셋은 처음으로 진중한 표정이 되어 박현의 말에 귀를 기울였다.

"넘어지면 일으켜 세워주지 않는다. 따라오는 녀석만 데리고 간다."

박현은 골통 삼인방만이 아니라 호족 전사들에게도 시선을 건넸다.

"그러니까 넘어지지 않게 힘을 키워서 와."

박현은 다시 골통 삼인방을 쳐다보았다.

그저 자신이 좋다고 따라다니는 녀석들이었다.

"지금까지 그래 왔던 것처럼, 너희를 믿어도 될까?"

박현이 속내를 꺼낸 이상 이제 만남은 전처럼 가볍지 않았다.

"만약 안 돌아오면 어떻게 됩니까?"

이승환.

"본인의 적이 되지. 끝까지 쫓아가 죽일 거다."

박현은 어떤 살기도 내비치지 않았지만 오히려 그래서 더욱 느낌이 서늘했다.

"형님이 무서워서라도 돌아와야겠군요."

이승환은 묵묵히 박현의 시선을 마주하다가 희미한 웃음을 지었다.

"그냥은 돌아오지 마. 본인의 적은 봉황이야."

그 미소에 박현이 씨익 웃음을 드러냈다.

"함께 봉황을 잡자. 잡으면 우리 세상이다. 사내라면 그만한 야망은 키워볼 만하지 않겠어?"

*   *   *

무당 골목을 나오자 망치 박이 입에 담배를 물었다.

칙—

불을 붙이며 무당 골목 끝자락을 쳐다보았다.

"어떻게 할 거냐?"

"웬일이냐, 네가 진지해질 때가 다 있고."

이승환도 망치 박을 잠시 쳐다본 후 골목으로 시선을 돌렸다.

"이제는 장난이 아니니까."

망치 박은 낯을 잠시 찡그리다가 머리를 벅벅 긁었다.

"용과 봉황의 전쟁이 시작되는 건가?"

"전쟁은 무슨, 사냥이겠지."

"하긴 형님 성격이면 사냥이라고 하고도 남겠지."

망치 박은 입에 문 담배를 이빨로 씹었다.

"나 심장이 터질 거 같다."

"......?"

"봉황만 잡으면 우리 세상. 나 이렇게 심장 뛴 적이 없다."

망치 박은 두 친구를 쳐다보았다.

"야망이고 뭐고, 그런 건 없는데. 이건 알겠다. 살아오면서 이번만큼 심장이 뛴 적은 없다고."

"그래서?"

"해야지. 죽지 않으면 형님이 말하는 우리 세상, 그거 볼 테다."

망치 박은 먼저 당래불을 쳐다보았다.

"불알, 너는?"

"나무 관세음보살."

당래불은 여타 말없이 불호를 읊었다.

"이제 장난치는 건 이제 그만할까 싶다."

망치 박은 담배를 비벼 끄며 지나가는 말을 내뱉었다.

"하긴 막 나가는 십 대 코스프레는 이제 끝낼 때가 되기는 했지."

"끝냈어도 벌써 끝냈어야지."

"소승은 코스프레가 아닙니다, 나무관세음보살."

"지랄."

이승환.

"나비가 꽃을 찾아가는 건 자연스러운 일. 아니 그렇습니까?"

당래불은 망치 박을 보며 미소와 함께 합장했다.

"그거야 당연한 소리입지요, 스님."

망치 박도 합장으로 대답했다.

"아이구, 이 화상들아!"

이승환은 다리를 들어 둘의 엉덩이를 걷어찼다.

"진짜 할 거냐?"

이승환은 다시 진지한 목소리로 물었다.

"이 싸움, 신들의 싸움이야. 우리는 인간이지 신이 아니다."

그게 문제다.

봉황과 검계는 서로를 경계하지만 영역에 침범하지 않는다.

둘이 섞이는 건 오로지 이면에서도 이면, 용병계뿐이었다.

"뭐 어때?"

망치 박이 어깨를 으쓱거렸다.

"우리는 용병이잖아."

"용병들의 반란이라……, 나무관세음보살."

"용병과 봉황의 싸움."

망치 박은 이승환을 바라보며 씨익 웃음을 쪼갰다.

"가장 중요한 건, 심장이 이렇게 뛰잖아."

망치 박이 웃음 지어진 입술 사이로 담배 연기를 내뿜었다.

"고리타분한 어르신들은 모르겠지만."

"그래서?"

"뭘 그래서야? 한다고."

망치 박은 담배를 바닥에 버린 후 발로 비벼 껐다.

"괜찮겠냐?"

"가문?"

"어."

"뭐 어때? 이미 반쯤 내놓은 놈인데."

이승환은 미간을 찌푸리며 당래불을 쳐다보았다.

"파계승에 뭘 바라오? 나무관세음보살."

"휴우―."

이승환은 한숨을 푹 내쉬며 다시 물었다.

"그래서 어쩌려고?"

"어쩌긴? 내놓은 자식, 그냥 야반도주하는 거 봤어?"

"야반도주?"

"보통 집문서 하나쯤 들고 튀지 않냐?"

이승환은 그 말을 잠시 이해하지 못한 듯 눈을 몇 번 껌뻑이다 눈을 부릅떴다.

"너?"

"몇 달 말 잘 듣는 샌님으로 지내다가 비전 몇 개 익히고 튀어야지. 낄낄낄."

망치 박은 상상만으로도 재미난지 낄낄거렸다.

"나무관세음보살, 므흣!"

당래불도 그 말에 귀가 팔랑거렸는지 요상한 신음을 흘렸다.

"망치야, 불알아."

이승환은 심각한 표정과 목소리로 둘을 불렀다.

"왜?"

"너희 지금……."

"알아."

"뭘?"

"안다고."

"……."

이승환은 망치 박을 쳐다보았다.

"승환아. 나는 말이다. 고루한 전통이 여전히 답답하다."

"……."

"내가 왜 모르겠냐. 직계도 아닌데 직계로 대해주는 가주 할아버님이나, 형님들……. 뭐―, 형님들은 한바탕 반항하고 질풍노도의 시기가 지나면 자연스레 가풍을 받아들이게 된다는데……, 나는 안 되네. 나는 여전히 질풍노도의 시기인가 보다."

"그래서?"

"뭐가 그래서야. 안 되는 거 억지로 붙잡고 살아서 뭐해? 막 나가보는 거지. 어차피 이게 마지막이지 않을까? 이보다 더한 질풍노도는 없을 테니. 이번에 달려보면 끝이 보이지 않을까? 젠장, 뭐래?"

망치 박은 횡설수설에 뺨을 손바닥으로 때리며 몇 번 마른 세수를 했다.

"뻥치지 마시오, 시주. 주지육림을 버릴 수 없다 왜 말을 하지 못하시오."

당래불의 딴죽.

"아, 땡중 시키. 오랜만에 진지한데."

망치 박은 당래불의 엉덩이를 발로 찼다.

"그럼 아니요?"

당래불이 눈을 부라리며 되물었다.

"맞아."

"낄낄낄."

"으흐흐흐흐."

뭐가 좋은지 둘은 배를 잡고 시답잖은 웃음을 터트렸다.

'나도 모르겠다.'

그런 둘을 보며 이승환은 조용히 중얼거렸다.

사실 전통을 지키는 것을 넘어서서, 전통이라는 이름이 만들어낸 족쇄가 답답하기는 그 역시 마찬가지.

'나도 막 나가보면 알 수 있을까?'

이승환은 자신보다 훨씬 자유롭게 살아가는 두 친구를 보며 부러움을 느꼈다. 어쩌면 자신은 마음껏 행하지 못하는 자유로운 행동이 부러워서 여전히 둘의 곁에서 맴도는 게 아닌가 싶기도 했다.

*　　　*　　　*

"괜찮겠어?"

조완희가 걱정스러운 목소리로 물었다.

"골통들?"

"어."

"믿어봐야지."

"배신하면?"

"그럼 죽여야지."

"진짜 죽여?"

조완희가 눈매를 가늘게 만들면서 되물었다.

"진짜야?"

서기원도 박현을 빤히 쳐다보며 반문했다.

"눈물도 흘리겠지. 하지만, 이게 내가 살아온 방식이야. 생존, 살아남을 수 있다면 무엇이든 한다."

박현은 씁쓸한 표정을 언뜻 지었다가 이내 지웠다.

"그들의 배신이 문제가 아니야. 봉황이 알게 되잖아."

"그렇겠지."

박현은 미간을 잠시 찌푸렸지만 이내 개의치 않는 표정을 지어 보였다.

"괜찮아. 본인에게는 너희들과 형제들이 있으니까."

조완희는 용생구자를 떠올리며 끄덕였고, 서기원과 호족 전사들은 잠시 고개를 갸웃거렸다.

"그리고."

박현이 골통 삼인방 때문에 미처 하지 못했던 말을 꺼내 들었다.

"비형랑이 본인을 돕기로 했어."

"오잉?"

서기원이 눈을 동그랗게 떴다.

"거, 뭐시여야. 그 싸가지 비형 말이어야?"

"뭐래, 뚱땡이가."

낯선 목소리가 마루방으로 넘어왔다. 그리고 그 목소리는 서기원의 귀를 정확히 꿰뚫었다.

"으잉?"

서기원은 고개를 돌렸다.

그리고 한 사내와 눈이 마주쳤다.

그는 바로 비형랑이었다.

"싸가지?"

서기원은 비형랑을 보자 자리에서 벌떡 일어나 삿대질까지는 아니지만 얼굴을 찡그렸다.

"네가 왜 여……."

서기원은 그답지 않게 속사포와 같은 말을 내뱉으려 했다. 하지만 그보다 빠른 것이 있었으니.

우당탕탕탕—

검은 그림자가 빛살처럼 마루방을 지나 서기원의 양 뺨을 짓눌렀다.

"요기에 있눈…… 구냐. 아— 진짜!"

"아—, 보들보들해."

애자가 서기원의 양 뺨을 주물럭거리며 기분 좋은 표정을 짓고 있었다.

"냥이의 쳴리는 저리 가라구나."

애자는 이내 눈을 감고는 몸을 부르르 떨며 기쁨을 표현했다.

　　　　　　＊　　　　　＊　　　　　＊

"아— 쫌. 지금 심각한 거 안 보여야!"

서기원은 애자의 양손을 툭 쳐냈다.

"심각?"

애자는 고개를 뒤로 돌렸다.

비형랑의 날 선 눈빛이 보였다.

"쟤랑 싸우는 거야? 우쭈쭈."

애자는 다시 서기원의 한쪽 뺨을 꼬집어 쭉 늘렸다.

"어이, 아줌마. 비켜."

비형랑은 갑자기 끼어 든 애자를 향해 날선 목소리를 날렸다.

툭!

당연히 서기원의 뺨을 주물럭거리던 애자의 손이 굳으며 볼살이 그녀의 손에서 빠져나갔다.

'얼라리어.'

서기원은 서서히 쌍심지가 켜지는 애자의 눈에 머릿속에서 구슬 하나가 또르르 굴러갔다. 그리고 그 구슬은 가상의 전구를 밝혔다.

'음트트트.'

서기원은 묘한 눈빛을 띠며 속삭였다.

"누님!"

어조는 강했지만 목소리는 모기처럼 작았다.

"왜?"

"저놈이 저렇게 싸가지가 없어야. 어떻게 아름다운 누님에게 아줌마……, 히끅!"

아줌마라는 단어에 애자의 시퍼런 눈빛이 날아와 서기원의 눈에 꽂혔다.

"싸, 싸가지도 저런 싸가지가 없어야."

"흐응."

서기원의 말에 애자의 눈이 반달로 그려졌다. 그러더니 서기원의 양 뺨을 마치 찹쌀떡처럼 더욱 길게 쭉 뽑았다.

"우리 동생, 귀엽게 머리를 쓰네."

"진짜 저 시키, 쓰가지가 없으야."

뺨이 눌리고 늘어진 서기원은 오물오물거리듯 말했다.

"안 비켜! 이 아줌……."

비형랑의 목소리에 애자의 눈에서 웃음기가 사라졌다. 그리고는 고개를 완전히 비형랑에게로 돌렸다.

"우리 막내 꼬붕, 생각보다 겁이 없네."

애자의 몸에서 무시무시한 기운이 흘러나왔다.

"……누구?"

"어제도 봤었는데. 그새 이 누나를 잊은 거양? 그런 거야?"

애자는 성큼성큼 비형랑 앞으로 걸어갔다.

비형랑은 박현과 이야기를 나눈다고 눈에 익을 정도로 애자의 얼굴을 마주하지는 못했었다. 다만 뒤늦게 호기심이 일어 묘두사를 통해 그녀에 대해 전해들은 게 다였다.

그 순간, 그의 머릿속에 떠오르는 장면이 있었다.

고려.

개성의 한 공설주점 낙빈(樂賓)[1].

비희는 비형랑과 함께 화려한 불야성 거리를 내려다보며 술잔을 나누고 있었다.

"형제분들은 어떤 분들이신가요?"

비형랑은 은혜를 베푼 비희의 형제들, 용생구자에 대해 호기심이 일어 그에게 물었었다.

"다들 착해."

비희.

딱 그다운 대답이었다.

"암, 착하지."

이문이 술병을 들고 와 의자에 걸터앉았다.

"형제들을 말하니, 보고 싶구나, 우리 일곱째."

"일곱 째면……."

"애자라고 유일한 여동생. 이 녀석 애자라면 자다가도 벌떡 일어날 정도로 애자를 아끼거든."

"아—."

비형랑은 고개를 끄덕였다.

"착한데, 조심해."

비희가 속삭이듯 말했다.

"네?"

"이 녀석이 하도 오냐오냐 키워서 성격이 개차반이야."

"아—."

비형랑은 고개를 끄덕이며 술잔을 들었다.

"그 애가 무슨 개차반이요, 형님."

"그 정도면 충분히 개차반이다."

"아이구 형님……."

"그……."

"개차반?"

오랜 시간 잊고 있던 그 대화가 하필, 이 순간 머릿속을 스쳐 지나갔고, 또 그 생각이 왜 입 밖으로 흘러나왔는지.

"오호호호호호호!"

애자는 입을 가리고 크게 웃음을 터트렸다.

"사실 그 애가 화나면 나도 무섭기는 하다. 크크
크."

그날 얼큰하게 술기운이 돈 이문이 해준 목소리가 떠올
랐다.

"그, 그, 그게 아니라……."

비형랑은 사색이 된 얼굴로 고개를 세차게 저었다.

하지만 애자의 미소는 점점 진해졌다.

"히끅!"

"안녕히 계세요."

비형랑은 고개를 까딱 숙이며 재빨리 몸을 돌려 줄행랑
을 쳤다.

아니 치려 했다.

열심히 놀린 발은 허무하게 허공에서 뜬 발버둥으로 변
해버린 것이다.

애자는 비형랑의 뒷덜미를 잡아올려 그의 얼굴에 시선
높이를 맞췄다.

"우리 진하게 이야기 좀 나눌까?"

"히끅! 히끅!"

애자는 비형랑의 뒷덜미를 잡고 뒷마당으로 끌고 갔다.

"누, 누님! 사, 살려주…… 세…… 요, 요, 요—!"

비형랑의 애절한 절규가 메아리가 되어 허공에 흩뿌려졌다.

*　　*　　*

"흠."

박현은 팔짱을 낀 채 애자를 쳐다봤다.

"아이구, 시원타."

좌 서기원, 우 비형랑.

둘은 땀을 뻘뻘 흘리며 애자의 어깨를 주무르고 있었다.

딱!

애자는 엄마손을 들어 비형랑의 머리를 한 대 쥐어박았다.

"꾀부리지 마라."

비형랑의 얼굴은 붉어지고 몸은 바르르 떨렸다.

"꼽냐?"

"……."

"계급장 떼고 한 판 붙을까?"

애자가 눈을 슬쩍 부라리며 목소리를 낮췄다.

"하하, 하하하."

비형랑은 땀을 삐질 흘리며 더욱 열성적으로 애자의 어

깨를 주물렀다.

"풋!"

그런 비형랑의 모습에 서기원이 얕은 웃음을 내뱉기가
무섭게.

콩!

엄마손이 유려하게 날아가 서기원의 이마를 때렸다.

"어이, 동생. 똑바로 하자."

"옙!"

서기원은 절도 있게 허리를 펴며 애자의 어깨를 주물렀
다.

"쩝."

박현은 입맛을 다시며 고개를 절레절레 저었다.

"동생아."

"네."

"그래서 안 되겠다는 거냐?"

"네."

박현은 고민조차 하지 않고 대답했다.

빠직—

애자의 이마에 힘줄이 돋아났다.

"진짜?"

"네."

박현의 귀는 꽉 막혀 있는 거 같았다.

그는 마치 애자가 앞에 없다는 듯 녹차를 우려낸 후 찻잔에 차를 따랐다. 그리고는 한 모금 마시며 만족스러운 미소를 지었다.

홀로 다도를 즐기는 것처럼.

"야!"

애자가 눈썹을 바르르 떨며 소리쳤다.

"저 귀 안 먹었어요."

말은 저렇지만 분명 박현의 귀는 꽉 막혀 있는 게 분명했다. 그것도 자신의 목소리에만 저렇게.

엄마손을 움켜잡은 손이 바르르 떨렸다.

"이씨, 너희들 똑바로 안 주물러!"

애자가 엄한 데 화풀이를 하려는 그때.

"그 손 올리면 기회도 안 줍니다."

박현의 말에 애자의 손이 뚝 멈췄다.

"……기회?"

애자가 잠시 눈을 껌뻑이다가 환한 미소를 지었다.

"그렇지. 이 누나가 널 도와……."

"일단 수다."

"……."

"좀 줄여요."

"……어, 그래."

"그리고 누님은 팀원입니다."

"응? 어? 엥?"

애자의 표정은 몇 차례 변했다.

"야! 지금 나보고 네 꼬봉이……."

"싫으면 마시구요."

박현은 아주 여유롭게 빈 찻잔에 다시 차를 채웠다.

"아무리 그래도, 너무한 거 아니야?"

"대신."

박현이 애자를 보며 씨익 웃음을 지었다.

"……?"

"저 둘, 잘 데리고 다녀요."

박현은 턱으로 서기원과 비형랑을 가리켰다.

"둘?"

애자는 자신의 어깨를 주무르던 두 손이 순간 굳어지는 걸 느꼈다.

"두울?"

애자의 눈매가 초승달처럼 휘어졌다.

'아, 안 돼야!'

서기원은 흔들리는 눈으로 박현을 쳐다보며 열심히 고개를 저었다.

'죽고 싶냐!'

비형랑은 박현을 향해 눈을 부라렸다.

소리 없는 아우성.

그러거나 말거나.

"콜?"

박현이 물었다.

"콜!"

애자는 단숨에 박현의 제안을 받아들였다.

"그럼 누님이 부팀장으로 저 둘 데려가세요."

"이히히히히."

애자는 조금 전 일은 모두 잊은 듯 신나는 웃음을 삼키며 입을 열었다.

"손 멈췄다."

"넵!"

"옙!"

서기원과 비형랑은 다시 열심히, 구슬땀을 흘리며 애자의 어깨를 주물렀다.

"역시 나는 동생을 참 잘 뒀어."

애자는 조금 전 실랑이는 지우개로 깨끗하게 지운 모양이었다.

*　　*　　*

그날 새벽.

"근데 궁금한 게 있다."

"뭐?"

박현의 물음에 소박한 옷차림으로 갈아입고 새벽 기도에 나서는 조완희가 반문했다.

"기맥 파폭은 어떻게 아는 거냐?"

"아―, 그거?"

조완희는 별 시답잖은 질문이라는 투로 대답했다.

"무문에서 알려주는 거야."

"무문?"

"정확히는 무문에 소속된 만신들이 성황신의 입을 빌려서 알려주는 거고."

"성황신?"

"성황신이 땅을 수호하시는 분인 건 알지?"

"……뭐."

"내가 뭘 말하리."

"그래서?"

"하아―."

조완희는 한숨을 내뱉으며 말을 이었다.

"성황신이 기맥이 터지면 인근 만신에게 알려줘. 그러면 만신은 무문에게 이 사실을 전하면, 무문은 용병계에 알리지. 일단 한국은 그래."

"그렇군."

박현은 고개를 끄덕였다.

"음?"

돌아서는 조완희의 걸음이 갑자기 뚝 멈췄다.

"어라?"

조완희의 눈이 번쩍 떠졌다.

"현아."

"왜?"

"기맥 터진단다."

"어?"

"기맥이 터진다고. 일주일 뒤에."

조완희의 말에 박현이 고개를 갸웃거렸다.

"그거 미리 알 수 있었던 거냐?"

"아니. 보통은 터져야 알려주지."

조완희가 박현의 물음에 고개를 저었다.

"어쨌든 터진다 이거지?"

박현이 반짝였다.

"이거 참. 이래도 되는 겁니까?"

조완희는 고개를 돌려 대별왕 무속도를 쳐다보았다.

어째 자신의 몸주인 대별왕은 자신이 아니라 박현을 더 편애하는 거 같기도 했다.

"돼야."

"돼?"

"음트트트트트!"

서기원이 갑자기 오묘한 웃음을 터트렸다.

"뭐야? 그 웃음은?"

조완희의 눈초리가 가늘어졌다.

"기맥, 혼자 먹어봤어야? 안 먹어봤으면 말을 말아야. 겁나 맛있어야."

서기원이 배를 두들겼다.

"감사해야, 대별왕님."

뜬금없이 서기원은 대별왕 무속도에게 큰절을 했다. 그리고 다시 일어나며 보란 듯이 조완희를 향해 인중을 슬쩍 늘렸다.

"서, 설마."

평균적으로 분기마다 기맥이 터진다.

그런데 이번에 터질 법한 기맥 하나가 터지지 않았다.

이상하다 싶었지만, 아예 없는 일도 아니기에 그러려니 넘어갔었다.

그 이유가······.

서기원의 신력이 갑작스럽게 높아진 적이 있었다.

'그게 기맥을 독식해서라고?'

"진짜 이런 법이 어디 있습니까!"

조완희는 소리를 버럭 질렀다.

그리고 아차 싶었다.

오랜만에 조완희와 서기원은 벽을 보고 무릎을 꿇고 앉아 있었다.

물론 두 팔을 번쩍 치켜든 채.

"그런데 저는 왜 함께······."

"비밀을 지키지 않았다고 하네."

조완희가 서기원을 향해 혀를 날름거렸다.

"아서라, 그러다 머리까지 박을라."

박현.

"너희는 언제 철들래. 쯧쯧쯧."

그리고는 혀를 차며 별채로 걸음을 옮겼다.

*　　　*　　　*

"뭐?"

비희가 눈을 동그랗게 뜨며 반문했다.

"일주일 뒤에 기맥이 터진답니다."

"누가 그래?"

"완희요."

"조 박수?"

"예."

박현의 대답에 비희가 '흠' 하고 침음하더니 이내 입꼬리를 말아 올리고 알겠다는 듯 고개를 끄덕였다.

"이 땅의 주인은 대별왕이셨지."

"……?"

비희는 뭔가 아는 듯한 눈치였다.

"그리 볼 것 없어. 나도 짐작은 하지만 확실한 건 아니니까."

비희는 무릎을 양 손바닥으로 턱 치며 분위기를 환기시켰다.

"어쨌든 잘되었다. 남들보다 빠르게 선점할 수 있으니까."

"저도 그렇게 생각합니다, 큰형님."

"그래도 그리 좋은 것만은 아니야."

"……?"

"확실히 선점하면 수월하게 큰 걸 얻을 수 있지. 하지만 말이야."

"네."

"그만큼 날파리도 많이 꼬이는 법이지."

"흠."

"무슨 뜻인지 알겠지?"

"요는 무사히 헤쳐나오는 거다 이거죠?"

"그렇지."

"오케이."

"큰형이 조언 하나 해줄까?"

비희의 말에 박현의 눈빛이 반짝였다.

"얼마든지요."

"묘한 상황이 오면 흑기를 마음껏 사용해."

"……?"

앞뒤 없는 말이기에 이해할 수 없었다.

"그렇게만 알아."

아무 생각 없이 그 말을 해주지는 않았을 터.

"알았습니다."

"애자도 함께한다며?"

"끄응."

비희의 말에 박현은 앓는 소리를 잠시 삼켰다.

"천방지방으로 뛰는 거 같아도 다 네게 도움이 될까 하는 거니까 좋은 마음으로 받아들여."

"압니다. 적응이 안 되어서 그렇죠."

"하하하하."

비희는 웃음을 터트렸다.

"그건 그렇지."

박현도 어색한 웃음을 슬쩍 지었다.

"그건 그렇고 그 말 해주러 온 거냐?"

"겸사겸사요."

박현의 말에 비희가 고개를 갸웃거렸다.

"쓸 만한 아이템 있으면 좀 주십시오, 큰형님."

"음?"

"막내가 사지(死地)로 간다는데, 고작 물질적인 아티팩트가 아까우신 건 아·니·시·죠?"

박현은 한 자 한 자 씹듯이 말을 끝마쳤다.

"헐~."

비희는 턱이 아래로 툭 떨어졌다.

*　　　*　　　*

팀 현호 1층 사무실.

그다지 작지 않은 사무실이었지만 매우 좁게 느껴질 정도로 사람들이 빽빽하게 모여 있었다.

박현이 상석에 앉았고, 그 왼쪽에는 조완희, 서기원, 그리고 호효상이, 오른쪽에는 비형랑과 묘두사가 자리하고 있었다.

그 외에 애자와 데니안, 호족전사들과 비형랑의 팀원들은 저마다 편한 곳에 자리하고 있었다.

"보자."

박현은 눈으로 모인 이들의 수를 셌다.

자신을 포함해, 총 열다섯 명이었다.

"열다섯."

박현은 데니안을 쳐다보았다.

"함께할 겁니까?"

"임시 팀원이라고 생각해줘."

"실 가는 데 바늘도 가는 법이야."

애자는 데니안의 품에 안겨 그의 가슴을 쓰다듬었다.

"오케이."

박현은 소파 옆에 놓아둔 종이가방에서 검은 호랑이 가면을 탁자에 올려놓았다.

"하나씩 가져가."

그 말에 다들 가면을 하나둘씩 집어들었다.

"눈 가리고 아웅이지만, 기맥 파폭에서는 그 가면으로 활동할 거야."

"흠."

비형랑이 가면을 살펴보며 침음을 흘렸다.

"누님."

"불렀어? 동생."

박현이 애자를 부르자, 그녀는 쪼르르 달려와 눈을 초롱초롱하게 떴다.

"누나는 부팀장으로 저 녀석 팀 데려가고, 완희랑 기원이, 그리고 호족은 나와 함께 움직인다."

"왜!"

애자가 소리를 질렀다.

"……?"

"왜애!"

애자는 한 번 더 소리를 질렀다.

"아, 또 뭐요!"

박현도 미간을 찌푸렸다.

"내 찹쌀떡!"

"뭐요?"

"찹쌀떡!"

"찹……, 뭐?"

쩍!

애자는 스매쉬를 하듯 서기원의 양빰을 붙잡았다.

"내 찹살떠억!"

애자는 서기원의 통통한 뺨을 움켜잡으며 절규하듯 다시 소리를 질렀다.

"준다며! 준다며!"

"허어—."

박현은 기가 찬다는 듯 애자를 쳐다보았다.

"저, 형님."

박현은 고개를 저으며 데니안을 쳐다보았다.

저렇게 놔두어도 되느냐고 눈빛으로 물었다.

"휴우—."

데니안은 자신도 못 말린다는 듯 고개를 저었다.

"효, 횬아."

타의로 뺨이 이리저리 주물럭거리는 서기원은 애처로운 눈으로 박현을 쳐다보았다.

"흠."

박현은 턱을 쓰다듬으며 잠시 고민에 잠겼다.

그러다 조완희를 쳐다보았다.

조완희는 진지한 얼굴로 고개를 한 번 끄덕였다.

"미안하다."

박현이 사과했다.

"안 돼…… 요아야아."

"대신 누님."

"으응?"

"선화 안전은 누님이 책임지는 겁니다."

박현이 구석에 조용히 앉아있는 이선화를 가리켰다.

"그래."

애자는 흔쾌히 받아들였다.

"이건 배신이어야, 배신!"

서기원이 길길이 날뛰었지만 아무 소용없었다.

"쓰읍! 따라와."

"야."

애자의 눈빛에 서기원은 어깨를 축 늘어뜨렸다.

*　　*　　*

엿새 후.

여명이 밝아오는 이른 새벽.

속리산, 오지에 박현과 팀 현호 팀원들이 수풀을 헤치고 이름 없는 골짜기에 들어섰다.

"저곳이란 말이지."

그곳을 바라보는 이들은 하나같이 얼굴에 검은 호랑이 가면이 쓰고 있었다.

"성황신 말씀에 따르면. 대략 삼십 분가량 남았네."

조완희가 시계를 보며 말했다.

"각자 편하게 쉬어."

박현은 근처 나무 밑동으로 다가가 줄기를 등받이 삼아
앉았다.

"기맥 터지는 거 장관이야. 어디서 볼 수 있는 게 아니
야."

조완희는 박현 곁에 앉았다.

"본 적 있어?"

"한 번."

"한 번?"

"신내림 받고 나서."

"왜?"

"몸주가 어디 보통 몸주시냐? 이 몸이 버텨내지 못하니
까, 보다 못한 대별왕께서 기맥을 한 번 주셨어. 저 망할 놈
처럼."

조완희는 고개를 돌려 서기원을 쳐다보았다.

애자는 데니안과 함께 바위 위에 앉아 그의 품에 반쯤 안
겨있었다. 그러면서도 그녀의 손 하나는 서기원의 뺨을 주
물럭거리고 있었다.

"풋."

울상을 짓고 있는 서기원의 모습에 조완희는 웃음을 툭 내뱉었다.

"기맥 경보가 터지면 다른 이들이 이곳에 오는 데 얼마나 걸리나?"

"서너 시간? 어쩌면 그보다 빠를 수도 있고."

"생각보다 빠르군."

박현은 고개를 끄덕였다.

"이번에 음기가 터진다고 하니까, 알지?"

"알아. 나도 욕심 부릴 생각 없어. 가장 좋은 놈, 하나만 잡고 갈 거야."

"혹여나 욕심 생겨도 하나만 잡는 거다. 그거 하나만으로도 대박이니까."

"조바심이 나는 건 알겠는데. 나 그리 멍청한 놈 아니다."

"알아. 하지만 기맥 파폭에 들어서면 뭐라고 해야 하나, 술 취한 것처럼 정신이 살짝 혼미해져. 그러면 이성이 흔들리고 본능이 끌어올라. 거기에 피가 튀는 싸움이니 잔혹해지지. 괜히 전쟁이라는 말이 붙은 게 아니야."

"정신 단단히 붙잡아 놓을 테니까 걱정 마."

"흑기, 꽉 잡아."

조완희는 흑기를 단단히 잡으라 했다.

'비희 형님은 흑기를 마음껏 풀라고 했었지.'

"알았어."

일단 박현은 고개를 끄덕여주며 기맥이 터진다는 곳을 쳐다보았다.

그렇게 얼마의 시간이 흘렀을까.

새벽녘을 알리는 풀벌레 소리가 어느 순간부터 조용해져 갔다.

그리고.

쿠르르르.

땅에서 미세한 진동이 올라왔다.

지진과는 조금 다른 느낌이었다.

"시작이군."

박현이 자리에서 일어나려 했다.

"벌써부터 움직일 필요 없어. 느긋하게 구경하고 일어나 도 늦지 않아."

조완희의 말에 박현은 다시 엉덩이를 바닥에 붙이고 앉 았다.

잠시 후.

쿠구구궁!

조완희가 처음 가리켰던 곳에 땅거죽이 불룩 솟아올랐 다.

마치 숨을 쉬는 것처럼 십여 번 부풀어 올랐다가 꺼지기를 반복하더니.

콰과과과광!

땅거죽이 터지며 언뜻 보랏빛 같아 보이는 검은빛이 하늘로 솟아올랐다.

조완희의 말처럼 기맥 파폭의 장면은 한 폭의 그림이었다.

하늘을 뚫고 올라갈 것만 같던 음기는 어느 순간 폭죽 터지듯 터지며 원을 그리며 다시 지상으로 떨어지기 시작했다.

"저기 뿌려지는 음기에 갇힌 동물들은 몬스터가 돼."

"전부?"

박현은 놀란 듯 조완희를 쳐다보았다.

"전부는 아니고."

일 분쯤 음기가 땅을 뒤덮자 묘한 기운이 땅에서 느껴졌다.

그 기운에 기분이 조금 몽롱해졌다.

"정신을 보호해."

박현은 고개를 끄덕이며 신력을 끌어올려 몸을 보호했다. 그러자 몽롱함이 사라졌다.

꾸르륵! 꾸르르륵!

근처 수풀에서 돼지의 울음소리와 함께 부스럭거리는 소리가 들렸다.

그러더니 수풀에서 멧돼지 한 마리가 비틀거리듯 튀어나왔다.

괴로운 듯 바닥을 뒹굴며 비명과도 같은 울음을 터트렸다.

"흠."

스스스슷—

보랏빛 기운들이 영롱한 빛을 띠며 땅에서 떠오르더니 멧돼지 주변으로 모여들기 시작했다. 그리고 그 보랏빛은 멧돼지 몸으로 스며들었다.

서서히 모여 스며들던 보랏빛 기운은 어느 순간 폭포수처럼 멧돼지 몸을 파고들었다.

그러자.

"꽤애애애애액!"

멧돼지는 더욱 크게 몸부림쳤다.

두둑— 두둑—

뼈가 뒤틀리는 소리가 만들어졌다.

즈즉— 즈즈즉—

살가죽이 터지는 소리가 그 뒤를 이었다.

"쿠르르르르르!"

뼈가 뒤틀리며 덩치가 커졌고, 거기에 맞춰 살가죽이 터지며 새살이 빠르게 그 사이를 메웠다. 털은 비늘처럼 두껍게 뾰족하게 바뀌었다.

무엇보다 송곳니가 날카롭게 자라났다.

"쿠르르르르!"

단숨에 멧돼지의 크기는 대여섯 배로 커졌다.

어지간한 황소도 송아지처럼 보일 정도였다.

그런 멧돼지에게서 풍기는 기운은 몸을 움찔하게 만들 정도로 무시무시했다.

특히 적의가 가득한 붉은 흉안.

섬뜩하기 그지없었다.

"살벌하군."

박현은 멧돼지와 눈을 마주하며 엉덩이를 털고는 자리에서 일어났다.

"쿠르르르르!"

멧돼지는 흉흉한 살기를 내뿜으며 먹잇감을 찾았다. 그리고 박현과 눈이 마주쳤다. 박현을 발견하자마자 멧돼지는 앞발로 땅을 헤집으며 몸을 웅크렸다.

"꾸에에에엑!"

멧돼지는 투창처럼 묵직하게 박현을 향해 달려나갔다.

그에 맞춰.

"크허어어어엉!"

박현은 울음을 터트리고는 백호로 변하며 멧돼지를 향해 몸을 날렸다.

〈다음 권에 계속〉

1) 낙빈(樂賓): 주점(酒店, 술집), 공설주점(公設酒店) 혹은 관설주점(官設酒店)이라 하여 고려시대에 황폐 유통 및 상업 진흥, 그리고 정보 수집을 위해 국가가 직접 경영한 주점이다. 고려 성종 2년(983년)에는 개경의 번화가에 6개의 주점, 성례(成禮), 낙빈(樂賓), 연령(延齡), 영액(靈液), 옥장(玉漿), 희빈(喜賓)이 있었다고 전해진다.

사도연 판타지 장편소설

ORIGINAL FANTASY STORY & ADVENTURE

『용을 삼킨 검』, 『신세기전』사도연 작가의 신작!

『두 번 사는 랭커』

여러 차원과 우주가 교차하는 세계에 놓인 태양신의 탑, 오벨리스크.
그리고 그곳에 오르다 배신당해 눈을 감아야 했던 동생.
모든 걸 알게 된 연우는 동생이 남겨 둔 일기와 함께
탑을 오르기 시작한다.

dream books
드림북스

ORIGINAL FANTASY STORY & ADVENTURE

나민채 판타지 장편소설

『죽지 않는 무림지존』『천지를 먹다』『마검왕』
베스트셀러 작가 나민채의 신작!

[시간 역행을 하시겠습니까?]
[모든 능력이 리셋 됩니다.]
[날짜를 선택 하여 주십시오.]

"1985년 2월 28일. 내가 태어났던 날로."

진생자

★
dream
books
드림북스

하라간

쥬논 판타지 장편소설

핏빛 판타지의 연금술사, 쥬논.
그가 펼치는 공포와 선혈의 환상 세계!

『흡혈왕 바하문트』, 『샤피로』를 잇는 그 세 번째 이야기.
검푸른 마해(魔海)의 세계에 그대를 초대합니다.

dream books
드림북스

수라전설 독룡

시니어 신무협 장편소설

ORIENTAL FANTASY STORY & ADVENTURE

"하나도 남김없이 모두 죽일 것이다.
놈들을 전부 죽일 때까지 절대로 끝내지 않아."

유구한 역사를 자랑하는 약문(藥門)들의 잇따른 멸문지화.

시체가 산처럼 쌓이고 피가 바다처럼 흐르는
절망의 지옥에서 마침내 수라(修羅)가 눈을 뜬다!

★
dream
books
드림북스